新　潮

センス・オブ・ワンダー

レイチェル・カーソン
上遠恵子訳

新潮社版

11496

センス・オブ・ワンダー*目次

私のセンス・オブ・ワンダー

写真　川内倫子

レイチェル・カーソンはこの『センス・オブ・ワンダー』をさらにふくらませたいと考えていた。しかし、それを成し遂げる前に、彼女の生命の灯は燃え尽きてしまった。生前、彼女がねがっていたように、この本をロジャーにおくる

センス・オブ・ワンダー

§

ある秋の嵐《あらし》の夜、わたしは一歳八か月になったばかりの甥《おい》のロジャーを毛布にくるんで、雨の降る暗闇《くらやみ》のなかを海岸へおりていきました。

海辺には大きな波の音がとどろきわたり、白い波頭がさけび声をあげてはくずれ、波しぶきを投げつけてきます。わたしたちは、まっ暗な嵐の夜に、広大な海と陸との境界に立ちすくんでいたのです。

そのとき、不思議なことにわたしたちは、心の底から湧《わ》きあがるよろこびに満たされて、いっしょに笑い声をあげていました。

幼いロジャーにとっては、それが大洋の神《オケアノス》の感情のほとばしりにふれる最初の機会でしたが、わたしはといえば、生涯の大半を愛する海とともにすごしてきていました。にもかかわらず、広漠とした海がうなり声をあげている荒々しい夜、わたしたちは、背中がぞくぞくするような興奮をともにあじわったのです。

それから二日ほどたった夜、わたしは、ふたたびロジャーをつれて懐中電灯の光をたよりに、波打ちぎわまでいきました。雨は降っていませんでしたが、その夜も強い風が吹き、海辺にはくだける波の音がとどろいていました。わたしは、その場所、その瞬間が、なにかいいあらわすことのできない、自然の大きな力に支配されていることをはっきりと感じとりました。

じつはその夜、わたしたちはゴーストクラブ（和名スナガニ）とよばれるカニをさがす探検にでかけてきたのです。このカニは、昼間、海辺で遊ぶロジャ

ーの目を、ときどきちらっとかすめてはすばやく砂のなかにもぐっていく、砂と同じ色をした足の早いカニです。しかし、カニはもともと夜行性なので、昼のあいだは波打ちぎわに小さな穴を掘ってなかにひそみ、海がはこんできてくれるものを待ちかまえるようにかくれているため、なかなか目にすることはできません。そこでわたしたちは、夜の海辺にカニたちをさがしにきたのです。

大洋の荒々しい力のまえに、たった一ぴきで立ちむかっているこの小さな生きもののかよわい姿を目にするたびに、わたしはなにか哲学的なものすら感じさせられます。もちろん、ロジャーがわたしと同じように感じているとはいいません。

しかし、すばらしいことに、彼は風の歌も暗闇も、波のとどろきもこわがらず、大自然の力に包まれた夜の世界を幼な子らしい素直さで受けいれ、〝ゴース（オバケ）〟をさがすのに夢中になっていました。

まだほんの幼いころから子どもを荒々しい自然のなかにつれだし、楽しませるということは、おそらく、ありきたりな遊ばせかたではないでしょう。けれどもわたしは、ようやく四歳になったばかりのロジャーとともに、彼が小さな赤ちゃんのときからはじめた冒険――自然界への探検――にあいかわらずでかけています。そして、この冒険はロジャーにとてもよい影響をあたえたようです。

わたしたちは、嵐の日も、おだやかな日も、夜も昼も探検にでかけていきます。それは、なにかを教えるためにではなく、いっしょに楽しむためなのです。

§

わたしは毎年、夏の数か月をメイン州の海辺ですごしています。浜辺から森へとつづく土地に、小さいながらも別荘をもっているのです。

花崗岩《かこうがん》にふちどられた海岸線から小高い森へ通ずる道には、ヤマモモやビャクシン、コケモモなどが茂り、さらに坂道を登っていくと、やがてトウヒやモミのよい香りがただよってきます。足もとには、ブルーベリー、ヒメコウジ、トナカイゴケ、ゴゼンタチバナなどの、北の森に見られるさまざまな植物のじゅうたんが敷きつめられています。

わたしが〝原生林〟とよんでいるトウヒのそびえる丘の斜面には、シダが生い茂った日かげの窪地《くぼち》があって、そこここに岩が顔をのぞかせています。あたりには、アツモリソウやウッドリリー（アメリカ東部に自生するユリの一種）の花が咲き、ツバメオモトは魔法つかいの杖《つえ》のような細いくきの先に、濃い紺色の実をつけます。

ロジャーがここにやってくると、わたしたちはいつも森に散歩にでかけます。そんなときわたしは、動物や植物の名前を意識的に教えたり説明したりはしません。

ただ、わたしはなにかおもしろいものを見つけるたびに、無意識のうちによろこびの声をあげるので、彼もいつのまにかいろいろなものに注意をむけるようになっていきます。もっともそれは、大人の友人たちと発見のよろこびを分かち合うときとなんらかわりはありません。

あとになってわたしは、彼の頭のなかに、これまでに見た動物や植物の名前がしっかりときざみこまれているのを知って驚いたものです。植物のカラースライドを見せると、ロジャーは、

「あっ、あれはレイチェルおばちゃんの好きなゴゼンタチバナだよ」

とか、

「あれはバクシン（ビャクシン）だね。この緑色の実は、リスさんのだからたべちゃいけないんだよ」

などといったものです。

いろいろな生きものの名前をしっかり心にきざみこむということにかけては、友だち同士で森へ探検にでかけ、発見のよろこびに胸をときめかせることほどいい方法はない、とわたしは確信しています。

§

ロジャーは、岩場の多いメイン州の海岸にはめずらしい小さな三角形の砂浜で、貝の名前もそんなふうに覚えていきました。

ロジャーはまだ一歳半ぐらいのころから、ウインキー（ペリウィンクルのこと＝和名タマキビ）、ウェック（ウェルクのこと＝和名バイガイ）、マッキー（マッセルのこと＝和名イガイ）などと貝の名をよぶようになりました。いったいいつのまにそのような名前を覚えたのか、わたしにはまったくわかりません。一度も彼に教えたことはなかったのですから。

寝る時間がおそくなるからとか、服がぬれて着替えをしなければならないからとか、じゅうたんを泥んこにするからといった理由で、ふつうの親たちが子どもから取りあげてしまう楽しみを、わたしたち家族はみなロジャーにゆるしていましたし、ともに分かち合っていました。

夜ふけに、明かりを消したまっ暗な居間の大きな見晴らし窓から、ロジャーといっしょに満月が沈んでいくのをながめたこともありました。

月はゆっくりと湾のむこうにかたむいてゆき、海はいちめん銀色の炎に包まれました。その炎が、海岸の岩に埋まっている雲母《うんも》のかけらを照らすと、無数のダイヤモンドをちりばめたような光景があらわれました。

このようにして、毎年、毎年、幼い心に焼きつけられてゆくすばらしい光景の記憶は、彼が失った睡眠時間をおぎなってあまりあるはるかにたいせつな影響を、彼の人間性にあたえているはずだとわたしたちは感じていました。

それが正しかったことを、去年の夏、ここでむかえた満月の夜に、ロジャーは自分の言葉で伝えてくれました。わたしのひざの上にだっこされて、じっと静かに月や海面、そして夜空をながめながら、ロジャーはそっとささやいたのです。

「ここにきてよかった」

§

雨の日は、森を歩きまわるのにはうってつけだと、かねてからわたしは思っていました。メイン州の森は、雨が降るととりわけ生き生きとして鮮やかに美しくなります。針葉樹の葉は銀色のさやをまとい、シダ類はまるで熱帯ジャングルのように青々と茂り、そのとがった一枚一枚の葉先からは水晶のようなしずくをしたたらせます。

カラシ色やアンズ色、深紅色などの不思議ないろどりをしたキノコのなかまが腐葉土の下から顔をだし、地衣類や苔《こけ》類は、水を含んで生きかえり、鮮やか

な緑色や銀色を取りもどします。

自然は、ふさぎこんでいるように見える日でも、とっておきの贈りものを子どもたちのために用意しておいてくれます。去年の夏、雨にぬれた森のなかを歩きまわっていたときに、ロジャーのようすを見て、わたしはそのことに気がついたのです。

雨と霧の日が何日もつづき、居間の大きな見晴らし窓は雨に打たれ、霧は湾の景色をすっぽりとかくしていました。海に沈めてあるロブスターとりの籠《かご》を見まわる漁師やカモメの姿も見えず、リスさえも顔を見せてはくれません。小さな別荘は、雨の日に活発な三歳の子どもをとじこめておくにはせますぎました。

「森へいってみましょう。キツネかシカが見られるかもしれないよ」

わたしはそういうと、ふたりで黄色い防水コートを着て、雨よけの帽子をかぶり、なにか楽しいことが起こりそうな期待に胸をふくらませて外にでていきました。

§

地衣類は、わたしの昔からのお気に入りです。石の上に銀色の輪をえがいたり、骨やつのや貝がらのような奇妙な小さな模様をつくったり、まるで妖精《ようせい》の国の舞台のように見えます。ロジャーは雨が魔法をかけてつくりかえた地衣類の姿に気がついてよろこんでいます。それを見て、わたしもとてもうれしくなりました。

森の小道には、トナカイゴケとよばれている地衣類が一面に敷きつめられていました。それは古風な細長い敷物のように、緑色の森に銀ねず色の帯を四方

へと走らせていました。

晴れて乾燥している日には、トナカイゴケのじゅうたんは薄く乾いていて、踏みつけるともろく、くずれてしまいます。しかし、スポンジのように雨を十分に吸いこんだトナカイゴケは、厚みがあり弾力に富んでいます。ロジャーは大よろこびで、まるまるとしたひざをついてその感触を楽しみ、あちらからこちらへと走りまわり、ふかふかした苔のじゅうたんにさけび声をあげて飛びこんだのです。


わたしたちが、はじめてクリスマスツリーごっこをしたのもその森のなかでした。あたりにはいろいろな大きさのトウヒの若木がたくさん頭をだしていて、なかにはロジャーの指ほど小さい苗もありました。わたしは、小さな赤ちゃんトウヒをさがしはじめました。

「これはきっとリスのクリスマスツリーね」

と、わたしはいいました。

「ちょうどいい高さよ。クリスマス・イブになるとリスがやってきて、小さな貝がらや松ぼっくり、銀色の苔の糸で飾るの。それから雪が降ってくると、きらきら光る星をいっぱいつけたようになるでしょう。朝になるまでに、リスたちのすてきなクリスマスツリーができあがっているわ。あら、こっちのはとっても小さいから、きっと虫たちのツリーね。このちょっと大きいのは、ウサギかウッドチャック（北アメリカに広く分布するリス科の哺乳《ほにゅう》類。体長30～50㎝）のよ」

この遊びは、森へ散歩にいくたびにおこなわれるようになりました。

「クリスマスツリーを踏んじゃだめよ！」

散歩のとちゅうに、そんな声をあげることもしばしばでした。

§

子どもたちの世界は、いつも生き生きとして新鮮で美しく、驚きと感激にみちあふれています。残念なことに、わたしたちの多くは大人になるまえに澄みきった洞察力や、美しいもの、畏敬《いけい》すべきものへの直感力をにぶらせ、あるときはまったく失ってしまいます。

もしもわたしが、すべての子どもの成長を見守る善良な妖精に話しかける力をもっているとしたら、世界中の子どもに、生涯消えることのない「センス・オブ・ワンダー＝神秘さや不思議さに目を見はる感性」を授けてほしいとたの

むでしょう。

この感性は、やがて大人になるとやってくる倦怠《けんたい》と幻滅、わたしたちが自然という力の源泉から遠ざかること、つまらない人工的なものに夢中になることなどに対する、かわらぬ解毒剤《げどく》になるのです。

妖精の力にたよらないで、生まれつきそなわっている子どもの「センス・オブ・ワンダー」をいつも新鮮にたもちつづけるためには、わたしたちが住んでいる世界のよろこび、感激、神秘などを子どもといっしょに再発見し、感動を分かち合ってくれる大人が、すくなくともひとり、そばにいる必要があります。

多くの親は、熱心で繊細な子どもの好奇心にふれるたびに、さまざまな生きものたちが住む複雑な自然界について自分がなにも知らないことに気がつき、しばしば、どうしてよいかわからなくなります。そして、

「自分の子どもに自然のことを教えるなんて、どうしたらできるというのでし

よう。わたしは、そこにいる鳥の名前すら知らないのに！」

と嘆きの声をあげるのです。

わたしは、子どもにとっても、どのようにして子どもを教育すべきか頭をなやませている親にとっても、「知る」ことは「感じる」ことの半分も重要ではないと固く信じています。

子どもたちがであう事実のひとつひとつが、やがて知識や知恵を生みだす種子だとしたら、さまざまな情緒やゆたかな感受性は、この種子をはぐくむ肥沃《ひよく》な土壌です。幼い子ども時代は、この土壌を耕すときです。

美しいものを美しいと感じる感覚、新しいものや未知なものにふれたときの感激、思いやり、憐《あわ》れみ、賛嘆や愛情などのさまざまな形の感情がひとたびよびさまされると、次はその対象となるものについてもっとよく知りたいと思うようになります。そのようにして見つけだした知識は、しっかりと身につきます。

消化する能力がまだそなわっていない子どもに、事実をうのみにさせるよりも、むしろ子どもが知りたがるような道を切りひらいてやることのほうがどんなにたいせつであるかわかりません。

§

もし、あなた自身は自然への知識をほんのすこししかもっていないと感じていたとしても、親として、たくさんのことを子どもにしてやることができます。

たとえば、子どもといっしょに空を見あげてみましょう。そこには夜明けや黄昏《たそがれ》の美しさがあり、流れる雲、夜空にまたたく星があります。

子どもといっしょに風の音をきくこともできます。それが森を吹き渡るごうごうという声であろうと、家のひさしや、アパートの角でヒューヒューという風のコーラスであろうと。そうした音に耳をかたむけているうちに、あなたの心は不思議に解き放たれていくでしょう。

雨の日には外にでて、雨に顔を打たせながら、海から空、そして地上へと姿をかえていくひとしずくの水の長い旅路に思いをめぐらせることもできるでしょう。

あなたが都会でくらしているとしても、公園やゴルフ場などで、あの不思議な鳥の渡りを見て、季節の移ろいを感じることもできるのです。

さらに、台所の窓辺の小さな植木鉢にまかれた一粒の種子さえも、芽をだし成長していく植物の神秘について、子どもといっしょにじっくり考える機会をあたえてくれるでしょう。

子どもといっしょに自然を探検するということは、まわりにあるすべてのものに対するあなた自身の感受性にみがきをかけるということです。それは、しばらくつかっていなかった感覚の回路をひらくこと、つまり、あなたの目、耳、鼻、指先のつかいかたをもう一度学び直すことなのです。

わたしたちの多くは、まわりの世界のほとんどを視覚を通して認識していま
す。しかし、目にはしていながら、ほんとうには見ていないことも多いのです。
見すごしていた美しさに目をひらくひとつの方法は、自分自身に問いかけてみることです。
「もしこれが、いままでに一度も見たことがなかったものだとしたら？　もし、これを二度とふたたび見ることができないとしたら？」と。

このような思いが強烈にわたしの心をとらえたある夏の夜のことをわすれられません。

月のない晴れた夜でした。わたしは友だちとふたりで岬にでかけていきました。そこは湾につきだしていて、まわりはほとんど海にかこまれていたので、まるで小さな島にいるようでした。

はるか遠くの水平線が、宇宙をふちどっています。わたしたちは寝ころんで、

何百万という星が暗い夜空にきらめいているのを見あげていました。

　夜のしじまを通して、湾の入口のむこうの岩礁《がんしょう》にあるブイの音がきこえてきます。遠くの海岸にいるだれかの話し声が、一声二声、澄んだ空気を渡ってはこばれてきました。

　別荘の灯が、ふたつみっつ見えます。そのほかには、人間の生活を思わせるものはなにもなく、ただ友だちとわたしと無数の星たちだけでした。

　わたしはかつて、その夜ほど美しい星空を見たことがありませんでした。空を横切って流れる白いもやのような天の川、きらきらと輝きながらくっきりと見える星座の形、水平線近くに燃えるようにまたたく惑星……。流れ星がひとつふたつ地球の大気圏に飛びこんできて燃えつきました。

　わたしはそのとき、もし、このながめが一世紀に一回か、あるいは人間の一生のうちにたった一回しか見られないものだとしたら、この小さな岬は見物人であふれてしまうだろうと考えていました。けれども、実際には、同じような光景は毎年何十回も見ることができます。そして、そこに住む人々は頭上の美しさを気にもとめません。見ようと思えばほとんど毎晩見ることができるために、おそらくは一度も見ることがないのです。

たとえ、たったひとつの星の名前すら知らなくとも、子どもたちといっしょに宇宙のはてしない広さのなかに心を解き放ち、ただよわせるといった体験を共有することはできます。そして、子どもといっしょに宇宙の美しさに酔いながら、いま見ているものがもつ意味に思いをめぐらし、驚嘆することもできるのです。

§

ごく小さなものたちの世界も、関心をもつ人はほとんどいませんが、とても興味深い世界です。

子どもたちは、きっと自分自身が小さくて地面に近いところにいるからでしょうか、小さなもの、目立たないものをさがしだしてはよろこびます。そのことに気がついたならば、わたしたちがふだん急ぐあまりに全体だけを見て細かいところに気をとめず見落としていた美しさを、子どもとともに感じとり、その楽しさを分かち合うのはたやすいことです。

自然のいちばん繊細な手仕事は、小さなもののなかに見られます。雪の結晶のひとひらを虫めがねでのぞいたことのある人なら、だれでも知っているでしょう。

いますこしの出費をおしまないで上等な虫めがねを買えば、新しい世界がひらけてきます。ありふれたつまらないものだと思っていたものでも、子どもといっしょに虫めがねでのぞいてみましょう。

ひとつかみの浜辺の砂が、バラ色にきらめく宝石や水晶や輝く黒いビーズのように、あるいは、こびとの国の岩の山のように見えたり、また、砂のなかからウニのトゲや巻貝のかけらが見つかるかもしれません。

森の苔をのぞいて見ると、そのながめは、熱帯の深いジャングルのようです。苔のなかをはいまわる虫たちは、うっそうと茂る奇妙な形をした大木のあいだをうろつくトラのように見えます。

池の水草や海藻をほんのすこしガラスのいれものにとり、レンズを通して見

てみましょう。かわった生きものたちがたくさん住んでいて、彼らが動きまわるようすは、何時間見ていても見あきることはありません。

また、いろいろな木の芽や花の蕾《つぼみ》、咲きほこる花、それから小さな小さな生きものたちを虫めがねで拡大すると、思いがけない美しさや複雑なつくりを発見できます。それを見ていると、いつしかわたしたちは、人間サイズの尺度の枠から解き放たれていくのです。

視覚だけでなく、その他の感覚も発見とよろこびへ通ずる道になることは、においや音がわすれられない思い出として心にきざみこまれることからもわかります。

§

ロジャーとわたしは、朝早く外にでて、別荘の煙突から流れてくる薪《まき》を燃やす煙の、目にしみるようなツンとくる透明なにおいをかいで楽しんだものでした。

引き潮時に海辺におりていくと、胸いっぱいに海辺の空気を吸いこむことができます。いろいろなにおいが混じりあった海辺の空気につつまれていると、

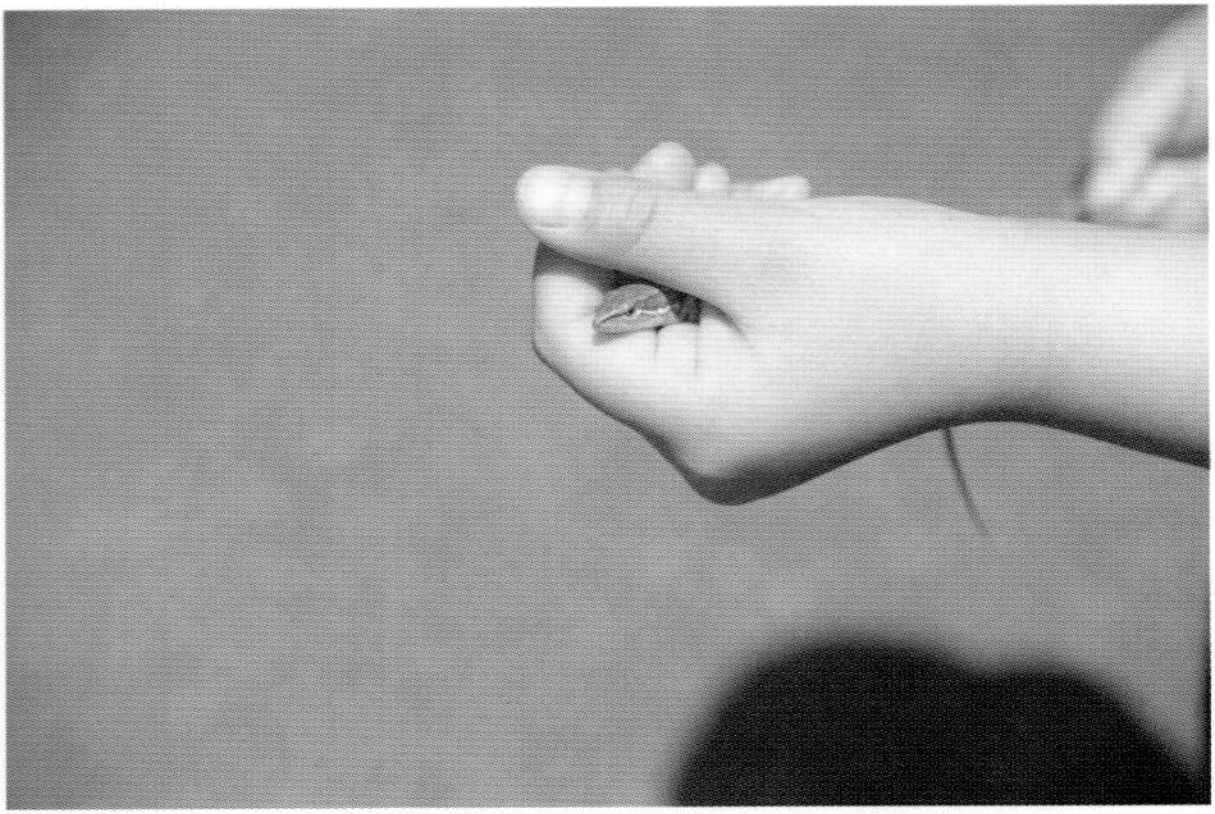

海藻や魚、おかしな形をしていたり不思議な習性をもっている海の生きものたち、規則正しく満ち干をくりかえす潮、そして干潟の泥や岩の上の塩の結晶などが驚くほど鮮明に思い出されるのです。

やがてロジャーが大人になり、長いあいだ海からはなれていてひさしぶりに海辺に帰ってくるようなことがあったなら、海のにおいを大きく吸いこんだとたんに、楽しかった思い出がほとばしるようによみがえってくるのではないでしょうか。かつて、わたしがそうだったように。

嗅覚《きゅうかく》というものは、ほかの感覚よりも記憶をよびさます力がすぐれていますから、この力をつかわないでいるのは、たいへんもったいないことだと思います。

音をきくこともまた、実に優雅な楽しみをもたらしてくれます。ただし、すこしだけ意識的な訓練が必要ですけれども。

かつてある人がわたしに、モリツグミの声を一度もきいたことがないといったことがあります。けれども、その人の家の庭では、春がくるといつも、モリツグミが鈴をふるような声で歌っているのをわたしは知っています。

ちょっとしたヒントをあたえたり、例を教えてあげさえすれば、子どもたちは自分のまわりにあるさまざまな音をきき分けることができるようになります。

雷のとどろき、風の声、波のくずれる音や小川のせせらぎなど、地球が奏《かな》でる音にじっくりと耳をかたむけ、それらの音がなにを語っているのか話し合ってみましょう。

そして、あらゆる生きものたちの声にも耳をかたむけてみましょう。子どもたちが、春の夜明けの小鳥たちのコーラスにまったく気がつかないままで大人になってしまわないようにと、心から願っています。

子どもたちは、とくべつに早起きをして、明けがたの薄明かりのなかを外にでかけたときのことをけっしてわすれないでしょう。

鳥たちの最初の声は、太陽が顔をだすまえにきこえてきます。ひとりぼっちの最初の歌い手の声をきき分けるのはたやすいことです。まず、赤いカーディナル（和名ショウジョウコウカンチョウ）が、澄んだかん高い笛のような声で歌いはじめるでしょう。

それから次に、ノドジロシトドが天使のようにけがれのない歌声をひびかせ、夢のような、わすれることのできないよろこびをもたらしてくれます。

すこしはなれた森では、ヨタカが単調な夜の歌を歌いつづけています。リズミカルな特徴のあるその声音は、きこえてくるというより、感じるといっていいようなものです。

やがて、コマツグミ、モリツグミ、ウタスズメ、カケス、モズモドキたちが合唱に加わってきます。朝のコーラスは、コマツグミの数がふえるにつれてボリュームをあげ、そのうちにコマツグミの迫力のあるリズムが、自然の混成曲《メドレー》をリードするようになっていきます。

この明けがたのコーラスに耳をかたむける人は、生命の鼓動そのものをきいているのです。

§

生きものたちが奏でる音楽は、このほかにもあります。わたしはロジャーと、秋になったら懐中電灯をもって夜の庭にでて、草むらや植えこみや花壇のなかで、小さなバイオリンを弾いている虫たちをさがそうと約束しています。

虫のオーケストラは、真夏から秋の終わりまで、脈打つように夜ごとに高まり、やがて霜がおりる夜がつづくと、か細い小さな弾き手は凍えて動きが鈍くなっていきます。そして、とうとう最期《さいご》の調べを奏でると、長い冷たい冬の静寂のなかへひきこまれていきます。

懐中電灯をたよりに小さな音楽家をたずね歩くひとときの冒険は、どんな子どもも大好きです。彼らは、しゃがみこんで目をこらし、じっと待っているあいだに、夜の神秘性と美しさを感じとり、夜の世界がいかに生き生きとしているかを知るのです。

虫たちの音楽をきくときには、オーケストラ全体の音をとらえようとするよりは、ひとつひとつの楽器をきき分けて、それぞれの弾き手のいる場所をつきとめようとするほうが、より楽しめます。

あなたがたはきっと、快い高音でいつまでもくりかえされる音色にひかれて、一歩一歩茂みに近づいていくことでしょう。そしてついに、月の光のようにはかなく白い羽をもった薄緑色の小さな虫を見つけるのです。

庭の小道に沿ったあたりからは、楽しそうなリズミカルな、ジーッ、ジーッという音がきこえてきます。それは、暖炉で薪がはじける音や、猫がのどを鳴らす音と同じように、なじみ深い家庭的なひびきです。懐中電灯を下にむけると、黒いケラが草むらのすみかに急いで姿をかくすのが見えるでしょう。

なかでも心ひかれてわすれられないのは、『鈴ふり妖精』とわたしがよんでいる虫です。わたしはまだ一度もその虫を見たことはありません。それにほんとうのところは、会いたいと思っていないのかも知れません。彼の声は——きっと姿もそうにちがいないと思うのですけれども——この世のものとも思えないほど優雅でデリケートです。わたしは、これまでにいく晩も彼を見つけようとしましたが、けっして姿をあらわしてはくれませんでした。

ほんとうにその音は、小さな小さな妖精が手にした銀の鈴をふっているような、冴《さ》えて、かすかで、ほとんどききとれない、言葉ではいいあらわせない音なのです。この鈴の音がすると、どこからきこえてくるのだろうと、息をころして緑の葉かげのほうに身をかがめてしまいます。

夜には、またべつの声もきこえてきます。春には北へむかい、秋になると南へ急ぐ渡り鳥たちがよびかわす声です。

風のないおだやかな十月の夜、車の音がとどかない静かな場所に子どもたちをつれていき、じっとして頭上にひろがっている暗い空の高みに意識を集中させて、耳を澄ましてみましょう。やがて、あなたの耳はかすかな音をとらえます。鋭いチッチッという音や、シュッシュッというすれ合うような音、鳥の低い鳴き声などです。

それは広い空に散って飛びながら、なかま同士がはぐれてしまわないようによびかわす渡り鳥の声なのです。

わたしは、その声をきくたびに、さまざまな気持ちのいりまじった感動の波におそわれずにはいられません。わたしは、彼らの長い旅路の孤独を思い、自分の意志ではどうにもならない大きな力に支配され導かれている鳥たちに、たまらないいとおしさを感じます。また、人間の知識ではいまだに説明できない方角や道すじを知る本能に対して、湧《わ》きあがる驚嘆の気持ちをおさえることができません。

その夜が満月で、鳥の渡りの声がにぎやかだったら、また、子どもが望遠鏡や上等な双眼鏡を十分につかいこなせるほどの年齢になっていたら、もうひとつの冒険の道がひらかれます。満月のまえを横切って飛ぶ渡り鳥を見る楽しみです。このような月面観察は、昔から人気があるのですが、最近では科学的にも重要であると言われています。この観察は、すこし年齢の高い子どもたちに、渡りの神秘を感じとらせるよい方法だと思います。

まず、すわり心地のよい場所に腰をすえて、望遠鏡の焦点を月に合わせます。それから忍耐を学ぶのです。というのも、渡り鳥のハイウェイにでもであわないかぎり、鳥の姿を見つけるまでに長いあいだ待たなければならないからです。

そうして待っているあいだに、月の表面を観察してみましょう。それほど倍率の高くない望遠鏡や双眼鏡でも、月面の細かいところまでかなりよく見えて、天文好きの子どもたちを夢中にさせてくれます。

しかし、遅かれ早かれ、天空の孤独な旅人たちが暗闇《くらやみ》から姿をあらわし、ふ

たたび暗闇へと月面を横切っていくのをながめることができるでしょう。

　わたしはここまで、わたしたちのまわりの鳥、昆虫、岩石、星、その他の生きものや無生物を識別し、名前を知ることについてはほとんどふれませんでした。もちろん、興味をそそるものの名前を知っていると、都合がよいことは確かです。しかし、それはべつの問題です。手ごろな値段の役に立つ図鑑などを、親がすこし気をつけて選んで買ってくることで、容易に解決できることなのですから。

　いろいろなものの名前を覚えていくことの価値は、どれほど楽しみながら覚えるかによって、まったくちがってくるとわたしは考えています。もし、名前を覚えることで終わりになってしまうのだとしたら、それはあまり意味のあることとは思えません。生命の不思議さに打たれてハッとするような経験をしたことがなくても、それまでに見たことがある生きものの名前を書きだしたりっぱなリストをつくることはできます。

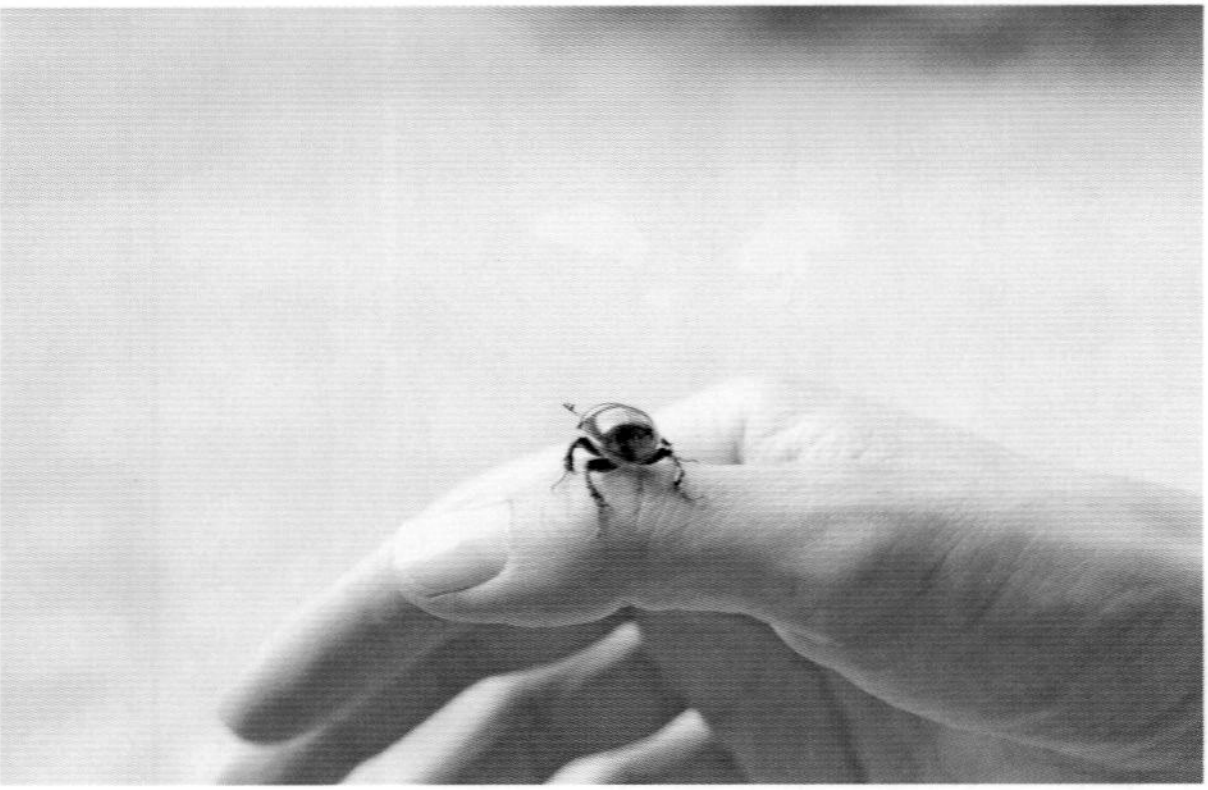

もし、八月の朝、海辺に渡ってきたイソシギを見た子どもが、鳥の渡りについてすこしでも不思議に思ってわたしになにか質問をしてきたとしたら、その子が単に、イソシギとチドリの区別ができるということより、わたしにとってどれほどうれしいことかわかりません。

§

人間を超えた存在を認識し、おそれ、驚嘆する感性をはぐくみ強めていくことには、どのような意義があるのでしょうか。自然界を探検することは、貴重な子ども時代をすごす愉快で楽しい方法のひとつにすぎないのでしょうか。それとも、もっと深いなにかがあるのでしょうか。

わたしはそのなかに、永続的で意義深いなにかがあると信じています。地球の美しさと神秘を感じとれる人は、科学者であろうとなかろうと、人生に飽きて疲れたり、孤独にさいなまれることはけっしてないでしょう。たとえ生活のなかで苦しみや心配ごとにであったとしても、かならずや、内面的な満足感と、生きていることへの新たなよろこびへ通ずる小道を見つけだすことができると信じます。

地球の美しさについて深く思いをめぐらせる人は、生命の終わりの瞬間まで、生き生きとした精神力をたもちつづけることができるでしょう。

鳥の渡り、潮の満ち干、春を待つ固い蕾のなかには、それ自体の美しさと同時に、象徴的な美と神秘がかくされています。自然がくりかえすリフレイン――夜の次に朝がきて、冬が去れば春になるという確かさ――のなかには、かぎりなくわたしたちをいやしてくれるなにかがあるのです。

わたしは、スウェーデンのすぐれた海洋学者であるオットー・ペテルソンのことをよく思い出します。彼は九十三歳で世を去りましたが、最期まで彼のはつらつとした精神力は失われませんでした。

彼の息子もまた世界的に名の知られた海洋学者ですが、最近出版された著作のなかで、彼の父親が、自分のまわりの世界でなにか新しい発見や経験をするたびに、それをいかに楽しんでいたかを述べています。

「父は、どうしようもないロマンチストでした。生命と宇宙の神秘をかぎりなく愛していました」

オットー・ペテルソンは、地球上の景色をもうそんなに長くは楽しめないと悟ったとき、息子にこう語りました。

「死に臨んだとき、わたしの最期の瞬間を支えてくれるものは、この先になにがあるのかというかぎりない好奇心だろうね」と。

§

最近、わたしのところへ寄せられた一通の手紙は、不思議さに驚嘆する感性——「センス・オブ・ワンダー」は、生涯を通して持続するものであることを雄弁に物語っていました。

その手紙はある女性の読者からのもので、休暇をすごすのに適当な海辺を推薦してもらえないかという内容でした。彼女は、太古の時代から存在しつづけながら常に新しい海辺の世界をたずね歩きたいとねがっていて、文明によって傷つけられず自然のままが残っている場所をさがしているということでした。

ただ、北部の岩場の多い海岸は、残念ですがのぞいてくださいと書いてあります。彼女は生涯を通じて海辺を愛しつづけてきたのですが、メイン州の海岸の岩をよじ登ることは、まもなく八十九歳の誕生日をむかえる身には、いささかむずかしいでしょうから、というのです。

手紙を読み終えたわたしの心は、あかあかと燃えさかる彼女の好奇心の炎によって、すっかり暖められていました。その炎は、実に八十年という長い年月のあいだ、彼女の若々しい精神のなかで燃えつづけてきたのです。

自然にふれるという終わりのないよろこびは、けっして科学者だけのものではありません。大地と海と空、そして、そこに住む驚きに満ちた生命の輝きのもとに身をおくすべての人が手に入れられるものなのです。

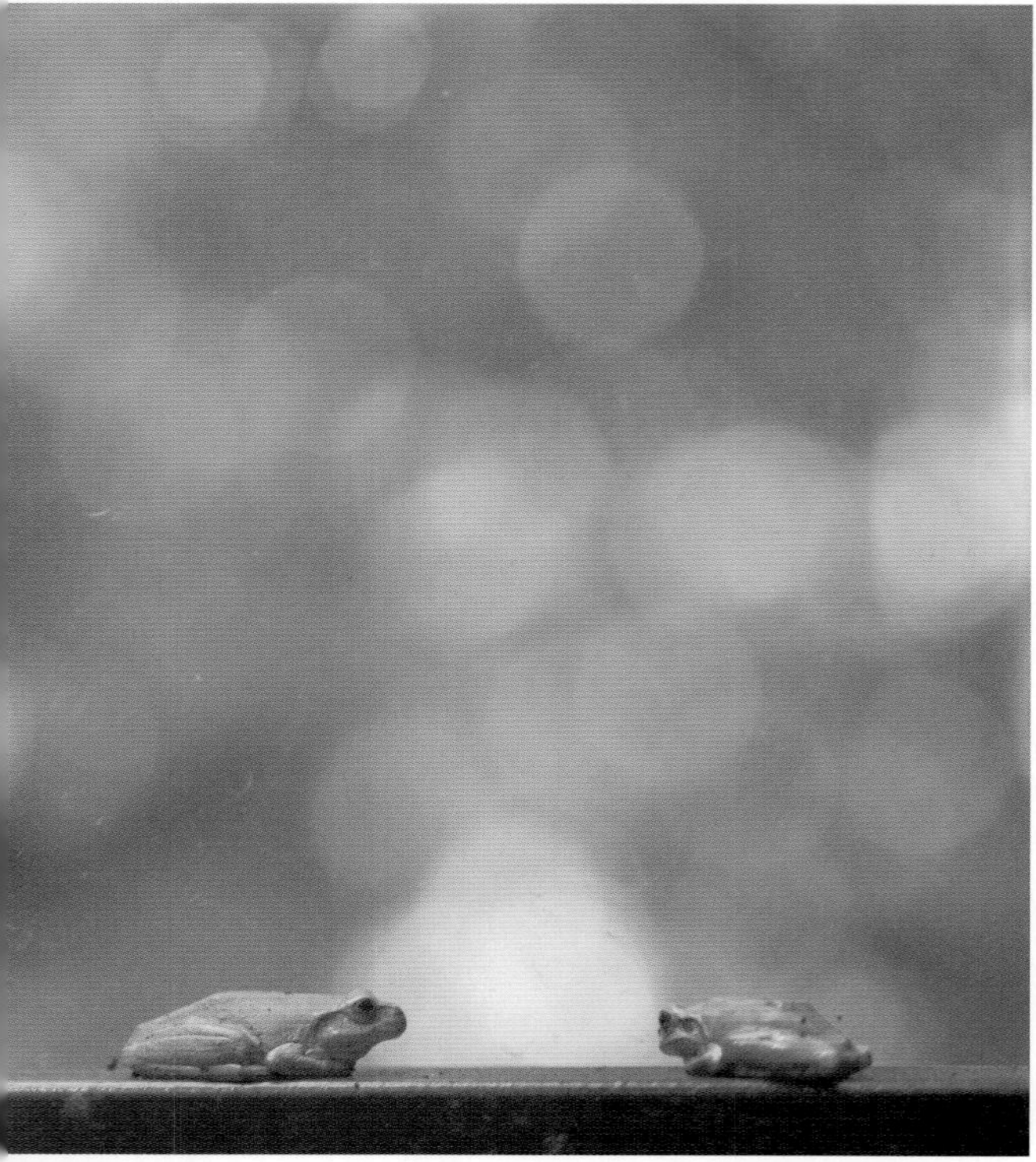

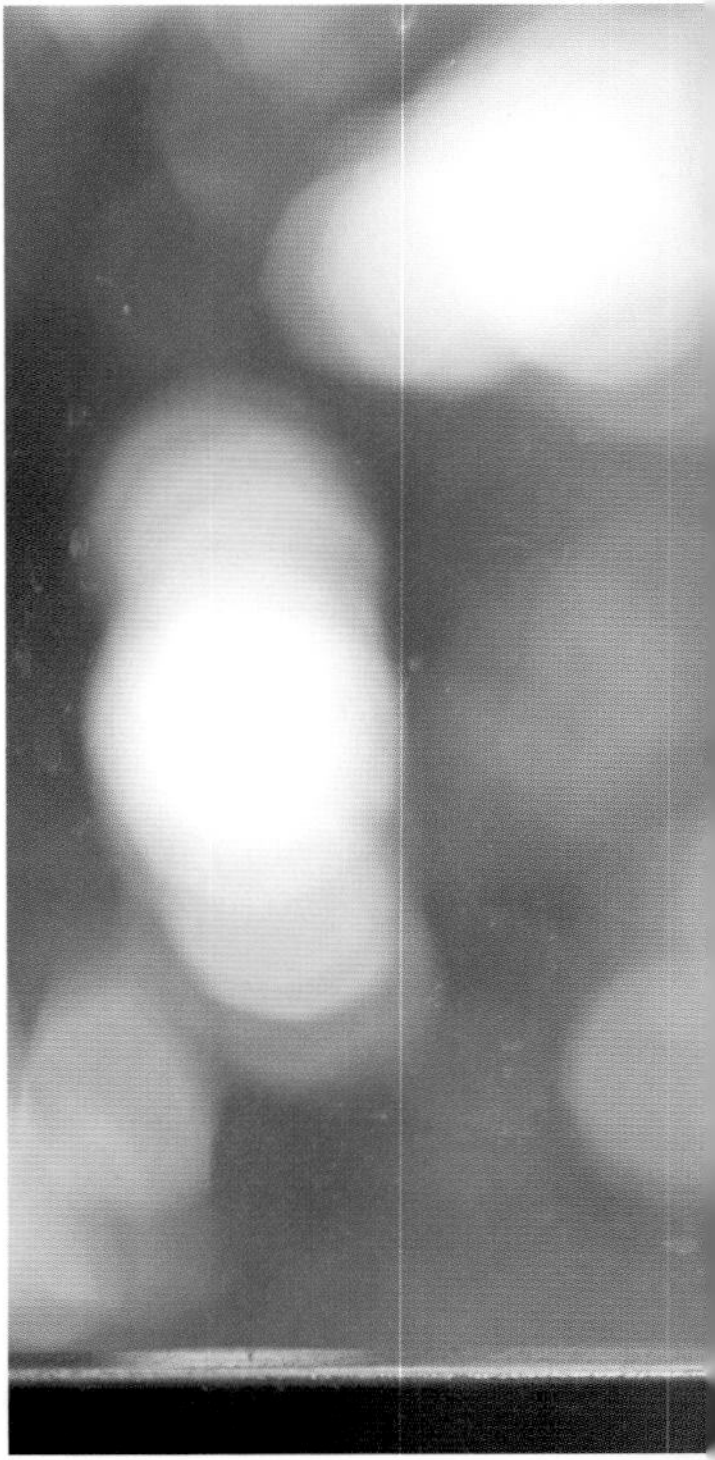

訳者あとがき

レイチェル・カーソンは、アメリカのベストセラー作家であり海洋生物学者でもあった。一九〇七年、アメリカのペンシルバニア州スプリングデールに生まれたレイチェルは、幼い頃から作家になることを夢に描いていた。大学では生物学を専攻し、ジョンズ・ホプキンス大学で修士号まで得たレイチェルは、そのまま研究生活をつづけたかった。しかし、父の死によって、母と姉の遺児である二人の姪《めい》との生活を支える責任はレイチェルの肩にかかってきた。内務省の魚類・野生生物局の生物専門官になった彼女に与えられた仕事は、海洋資源などを解説する広報誌の執筆と編集だった。いつの間にか彼女のなかで科学と文学は合流し、公務員生活をつづけながら再び作家への道をたどるようになっていったのだ。

やがて、彼女は海洋生物学者としての素晴らしい作品、『潮風の下で（*Under the Sea Wind*）』（宝島社、のちに宝島社文庫、岩波現代文庫）、『われらをめぐる海（*The*

Sea Around Us)』(早川書房、のちにハヤカワ文庫NF)、『海辺 (*The Edge of the Sea*)』(平河出版社、のちに平凡社ライブラリー)などを次々に発表し、いずれもアメリカではたいへんなベストセラーになった。これらの作品の美しい詩情豊かな文章は、いまでも多くの人に愛されている。

あるとき、作家としての名声を確かにしたレイチェルのもとに、友人からの一通の手紙が舞いこんだ。役所が殺虫剤のDDTを空中散布した後に、彼女の庭にやってきたコマツグミが次々と死んでしまった、という内容の手紙だった。この一通の手紙をきっかけに、彼女は四年におよぶ歳月の間、膨大な資料の山に埋もれて、後に「歴史を変えることができた数少ない本の一冊」と称されることになる『沈黙の春 (*Silent Spring*)』(新潮社) の執筆に取り組んだのだ。

『沈黙の春』を執筆中にガンにおかされた彼女は、文字通り時間とのたたかいのなかで、一九六二年、ついにこの本を完成させた。『沈黙の春』は、環境の汚染と破壊の実態を、世にさきがけて告発した本で、発表当時大きな反響を引き起こし、世界中で農薬の使用を制限する法律の制定を促すと同時に、地球環境への人々の発想を大きく変えるきっかけとなった。この本は初版後三十五年になろうとする現在でもなお版を重ねているロングセラーである。彼女が発した警告は、今日でもその重大さが失われていないばかりかさらに複雑に深刻になってきている環境問題への彼女の先見性を証明している。

レイチェル・カーソンは、『沈黙の春』を書き終えたとき、自分に残された時間がそれほど長くないことを知っていた。そして最後の仕事として本書『センス・オブ・ワンダー（*The Sense of Wonder*）』に手を加えはじめた。この作品は、一九五六年、〝ウーマンズ・ホーム・コンパニオン〟という雑誌に「あなたの子どもに驚異の目をみはらせよう」と題して掲載された。彼女はそれをふくらませて単行本としての出版を考えていたのである。

しかし、時は待ってくれなかった。彼女は一九六四年四月十四日に五十六歳の生涯を閉じた。友人たちは彼女の夢を果たすべく原稿を整え、写真家チャールス・プラットやその他の人の写真を入れて、レイチェルの死の翌年、一冊の本にして出版したのである。

『センス・オブ・ワンダー』は、まさにレイチェル・カーソンが私たちに残してくれた最後のメッセージなのだ。

原本の扉には、編集者の短いコメントが記されている。

〝レイチェル・カーソンはこの『センス・オブ・ワンダー』をさらにふくらませたいと考えていた。しかし、それを成し遂げる前に、彼女の生命の灯は燃え尽きてしまった。生前、彼女がねがっていたように、この本をロジャーにおくる〟と。

ロジャーは、レイチェルの姪の息子（本文十一頁、甥のロジャーは原文通りとした）で、メイン州の彼女の別荘に赤ん坊の頃から遊びに来ていた。『センス・オブ・ワンダー』はこのロジャーとレイチェルがいっしょに海辺や森のなかを探検し、星空や夜の海をながめた経験をもとに書かれた作品である。レイチェルとロジャーの自然のなかでの過ごし方は、遠い昔、ピッツバーグ郊外の田園地帯で母マリアと幼いレイチェルが森や草原を歩いていたやり方と同じであった。母マリアは、レイチェルに自然の美しさや神秘をじっと観察することを教え、あらゆる生きものが互いにかかわり合いながら暮らしていること、どんな小さな生命でも大切なことを感じとらせてくれたのだった。

ロジャーは、その後、五歳のときに母親を病気で失い、レイチェルに引きとられて成長していった。彼女のロジャーへの愛情の一端が、友人への手紙からもうかがえる。

「宇宙時代の玩具にかこまれた、いたいけな少年が、いっしょにクリスマスを過ごす人は私のほか誰もいないのです。かわいそうでたまりません」

一九八〇年、私はこのロジャーと対面することになった。

私はこのとき、レイチェルの足跡をたどりながらアメリカを旅していた。メイン州のブースベイにある彼女の別荘は、生前彼女が使っていたままのたたずまいで林のなかに建っていた。あたりにはトウヒや松などの針葉樹独特の清々《すがすが》しい香りがみち、哀愁を帯びたカモメの声、梢《こずえ》をわたる風の音、すべてがこの本に書かれている光景そのままであった。ロジャーを毛布にくるんで海辺に下りていった道は、庭先からつづくごつごつした岩の急な階段だった。レイチェルがロジャーと月夜の海をながめた居間にすわっていると、レイチェルに魅せられてこんな遠くまでやって来たという不思議な感動に胸がいっぱいになってしまった。

私が会ったロジャーは、ボストンに住む、背の高いがっしりとした青年になっていた。その頃は音楽に関する仕事をしていて、繊細な神経の持ち主のように見受けられた。レイチェルのことは、まだ子どもだったのであまりよく覚えていないなどと語っていたが、誇りに思っているのは確かだった。『沈黙の春』の業績に対して与えられた数々の賞のうち、レイチェルが最も喜んだという、シュバイツァーメダルを大切そうに出してきて見せてくれた。私はもう一度、メインの潮風の下でロジャーに会いたいと願っている。聞くところによると、現在ロジャーは、コンピュータ関連のビジネスマンで、二児の父親ということだ。

レイチェル・カーソンは、地球の素晴らしさは生命の輝きにあると信じていた。地球はあらゆる生命が織りなすネットで覆《おお》われている。その地球の美しさを感ずるのも、探求するのも、守るのも、そして破壊するのも人間なのである。

最後の作品となった『センス・オブ・ワンダー』には、彼女が日頃から考えていた深い信念がすべて述べられており、私たちへの遺言となっている。

彼女は、破壊と荒廃へつき進む現代社会のあり方にブレーキをかけ、自然との共存という別の道を見いだす希望を、幼いものたちの感性のなかに期待している。『沈黙の春』が、いまなお鋭く環境汚染を告発しつづけているのと同じように、『センス・オブ・ワンダー』は、子どもたちに自然をどのように感じとらせたらよいか悩む人々へのおだやかで説得力のあるメッセージを送りつづけてくれるだろう。環境教育の必要性が叫ばれているいま、この本に託されたレイチェルの遺志は、多くの人の共感を得ると信じている。

死を目前にして、レイチェルは友人への手紙にこう書いている。

「もし、私が、私を知らない多くの人々の心のなかに生きつづけることができ、美しく愛すべきものを見たときに思いだしてもらえるとしたら、それはとてもうれしいことです」

この本の原書は、メイン州の林や海辺、空などの写真を収めた大判の体裁のものになっている。私が『センス・オブ・ワンダー』を初めて読んでから、もう二十五年の年月が流れてしまった。その頃、私がこの本を訳すことになるなどとは思いもよらなかったし、いまでも信じられない気持ちでいっぱいである。原文の持つ美しさ、詩情を、私の力ではとても表現しきれないのではないかという不安がついてまわり、訳しながら立ち止まってしまうこともしばしばだった。

なお、本書は最初、一九九一年に佑学社より刊行された。縁あって、この度、新潮社より出版されることになった。翻訳に際して協力してくれた国際基督教大学の上遠岳彦さん、その他携わって下さった多くの方々に心から感謝を捧《ささ》げる。そして、私の自然への感性を育ててくれた、亡《な》き父と母にこの本を捧げたい。

一九九六年夏

上遠恵子

私のセンス・オブ・ワンダー

福岡伸一
若松英輔
大隅典子
角野栄子

きみに教えてくれたこと

福岡伸一

センス・オブ・ワンダー。私の一番好きな言葉である。直訳すれば、驚く感性。何に驚くのか、と言えば、自然の美しさ、あるいは、その精妙さに対して。本書の訳者、上遠恵子の名訳によれば、神秘さや不思議さに目をみはる感性、となる。

誰もが、自分のセンス・オブ・ワンダー体験を持っている。

私にとってもっとも鮮烈なセンス・オブ・ワンダーは、ルリボシカミキリの青である。

小学生の頃、すみずみまで愛読していた昆虫図鑑に、ルリボシカミキリという小さな甲虫が載っていた。ビロードのような輝きをたたえた鮮やかな青色の背中に、書道家が一気に筆で描いたような見事な黒い斑紋《はんもん》がある。そして長くのびる優美な触角。青色の点は一節一節にまでつけられている。その深い青さにひとたまりもなく魅了された。

私はため息をついた。こんな青がなぜ世界に存在しているのだろう。

以来、ルリボシカミキリを求めて毎夏に野山をさまよった。でもほんもののルリボシカミキリに出会うことはなかなかできなかった。ある年の夏の終わり、とうとうチャンスが巡ってきた。山に行き、楢《なら》の倒木の横を通り過ぎたときのこと。目の隅に青色の何かがかすめた。音を立てないようゆっくりと身体《からだ》の向きをかえた。朽ちかけた木の襞《ひだ》に、ルリボシカミキリがふわりとのっていた。その青は息がとまるほど美しいものだった。生きている青はひときわ輝いていた。まだお酒を飲んだことはなかったが、強いブランデーの香りを嗅《か》いだときのように、くらくらするような陶酔感が鼻から目に抜けていった。

ところがである。ルリボシカミキリの青は、ひとたび虫を殺して、標本箱の中に並べてみると、だんだんくすんでいってしまった。輝くような青さは徐々に暗くなり、しまいには黒い斑紋と区別がつかなくなった。このことはある種の痛みとして記憶されている。これが、まぎれもなく私のセンス・オブ・ワンダーの瞬間だった。生物学者になるずっと以前の出来事だが、生物学者になるための原点となった体験だった。こんな生命のすばらしさと不思議さを研究してみたい、と願った。

＊　＊　＊

センス・オブ・ワンダーを受け止める子どもの五感には驚くべきものがある。視覚、嗅覚《きゅうかく》、聴覚、肌感覚……どれをとっても限りなく鋭敏だ。今でも、あの夏の日のくっきりとした光の輪郭や、草や土の香り、蟬《せみ》しぐれの声、強い日差しが皮膚を焼く感覚。それをまざまざと思い出すことができる。ところが不思議なことに、大人になるとそんな強烈なリアリティがすべての感覚から失われてしまっていることに気づかされる。

カーソンもこう書いている。

「子どもたちの世界は、いつも生き生きとして新鮮で美しく、驚きと感激にみちあふれています。残念なことに、わたしたちの多くは大人になるまえに澄みきった洞察力や、美しいもの、畏敬《いけい》すべきものへの直感力をにぶらせ、あるときはまったく失ってしまいます」

これは大人になると仕事や人間関係のよしなしごとに悩まされるようになるから、あるいは加齢や老化による不可避的な時間経過によるものなのだろうか。

私は必ずしもそうではないと思っている。それはこういうことだ。

人間は自分のことを特別な生物と思っている。しかし実はそれほど特別ではない。細胞のレベルでみるとつくりやしくみは酵母やハエとほとんどかわりがない。遺伝子の数だって、酵母やハエに比べればちょっとは多いけれど、何十倍も違うということはないし、基本的な遺伝子はすべて共通している。サルと比べたら、もうほとんど差がないといってもいいくらいだ。だから人間はそんなに威張ることはできない。

でも、ひとつだけ、他の生物と人間が異なることがある。サルとでさえ大きく違っている。それは何かと言えば、人間には、ことさら長い子ども時代がある、ということである。子ども時代、というのは文字通り、大人になるまでの時間のことだ。つまり、生物学的に見て、性的に成熟するまでの期間、と定義できる。

サルの場合、多くは、生後五年ほどで性的に成熟する。対して人間は？　五歳や六歳はまだ赤ちゃん同然、何もひとりではできない。十代前半で身体的には第二次性徴期を迎えるが、実際に子どもを持つようになるのは、一般的に言って、もっとずっとあとのことになる。つまりヒトには、特別に長い長い、子ども時間が与えられている、ということだ。しかも、多くの生物は幼体（幼虫）から一直線に成虫に向かうのに、人間の場合だけ、子ども時代は十年以上ものフラットな時間であり、そのあと急激な性成熟（思春期）を迎える、という変則的な成長パタンをとる。これはいったい何を意味するのだろう。

大人になると、つまり性的成熟を果たすと、生物は苦労が多くなる。パートナーを見つけ、食料を探し、敵を警戒し、巣を作り、縄張りを守らなければならない。そこにあるのは闘争、攻撃、防御、警戒といった、待ったなしの生存競争である。対して、子どもに許されていることはなんだろう？　遊びである。性的なものから自由でいられるから、闘争よりもゲーム、攻撃よりも友好、防御よりも探検、警戒よりも好奇心、それが子どもの特権である。つまり生産性よりも常に遊びが優先されてよい特権的な期間が子ども時代だ。

効率を考えると、生まれてから、できるだけ早く生殖年齢に達して、子孫をどんどん残すことの方が一見有利にみえる。しかし、なかなか成熟せず、長い子ども時間を許された生物（つまりヒトの祖先のサル）が、たまたまあるとき出現した。彼はあるいは彼女は、遊びの中で学ぶことができた。遊びの中で発見することができた。遊びを介して試すことができたのだ。そしてなによりも、世界の美しさと精妙さについて、遊びを通して気づくことができたのだ。センス・オブ・ワンダーの獲得である。もともと環境からの情報に鋭敏に反応できるよう、子どもの五感は研ぎ澄まされている。これが人間の脳を鍛え、知恵を育《はぐく》み、文化や文明をつくることにつながった。こうして人間は人間たらしめられた。これが私の仮説である。遊びをせんとやうまれけん。人間以外にセンス・オブ・ワンダーの感受性はないはずだ。

ロジェ・カイヨワの遊びの社会論やホイジンハの『ホモ・ルーデンス』の遊び文化論を待つことなく、現在の私たちの社会制度、文明、文化はすべて、子どもの遊びを基盤としている。ゲームが経済行為となり、そのルールが法律となった。

だから逆にいえば、大人になることは獲得のプロセスではないのだ。むしろ喪失の物語なのである。色気づくことは、闘争、競争、警戒といった行動が優先されるということであり、身体や知覚のリソースはそちらへ振り向けられる。その分、世界に対するセンス・オブ・ワンダーは曇りがちにならざるをえない。

カーソンは言う。「やがて大人になるとやってくる倦怠《けんたい》と幻滅、わたしたちが自然という力の源泉から遠ざかること、つまらない人工的なものに夢中になること」が不可避的に起きると。カーソンはその理由までは書かなかったが、それは、子ども時代の終わりが、大人になること（性的な成熟）のトレードオフにあることなのだ。

とはいえ、私たちは、センス・オブ・ワンダーを全く失ってしまうことにはならない。自分のセンス・オブ・ワンダー体験を憶《おぼ》えておくことができるし、思い出すこともできる。自分の原点として参照することもできる。あるいはこの先を生きていくための転回点にすることとすらできる。

私は「ナチュラリスト宣言」という文章で次のように書いたことがある。

「調べる。行ってみる。確かめる。また調べる。可能性を考える。実験してみる。失われてしまったものに思いを馳《は》せる。耳をすませる。目を凝らす。風に吹かれる。そのひとつひとつが、君に世界の記述のしかたを教える。私はたまたま虫好きが嵩《こう》じて生物学者になったけれど、今、君が好きなことがそのまま職業に通じる必要は全くないんだ。大切なのは、何かひとつ好きなことがあること、そしてその好きなことがずっと好きであり続けられること。その旅程は驚くほど豊かで、君を一瞬たりともあきさせることがない。それは静かに君を励ましつづける。最後の最後まで励ましつづける。」（『ルリボシカミキリの青』より一部改変）

ここでいう、好きなこととはまさにセンス・オブ・ワンダーがきみに教えてくれたことである。

＊　＊　＊

私自身のことを振り返ってみよう。

ルリボシカミキリの青に出会った時、私は生物学者になりたいと思った。その青の由来と存在理由を知りたかったからだ。以来、勉強を続け、理系の大学と大学院を卒業し博士となった。米国で修行をし、日本の大学で研究職についた。この過程で、いつしか私は蝶《ちょう》や虫の色彩や形の妙のことはすっかり忘れ、当時、ちょうど勃興《ぼっこう》しつつあった分子生物学の虜《とりこ》になっていた。分子生物学とは生物を細胞、タンパク質、遺伝子のレベルで究明する新しい学問であり、そのために用いられるバイオテクノロジーの解像度と切れ味はすばらしかった。もう虫もサルもヒトもなく、すべての生命現象は統一的なメカニズムで解明できる時代になったのだ。私は遺伝子研究に日夜問わず邁進《まいしん》した。

しかしどんな邁進にもやがて停滞が訪れる。二十一世紀初頭、すべてのＤＮＡ暗号を解読するというヒトゲノム計画が完遂されると、事実上、新規の遺伝子はもうひとつも存在しないことになった。一方、ヒトゲノム計画が完成したことによって何が明らかになったのか。

それは、ゲノムに書かれていた遺伝子の全リスト＝すべてのタンパク質部品の設計図、が明らかになったものの、生命の謎《なぞ》は全く明らかになったわけではない、という事実だった。それはちょうど映画を逆から見て、キャストとスタッフのエンドロールはあるものの、ドラマの内容は何もわからない、という状況に似ていた。

おそまきながら、ようやく私は気がついた。

生命現象を理解する上で重要なのは、個々の部品＝遺伝子をリストアップすることではなく、それ以上に、部品と部品の関係性が大事なのだ、と。それだけではない。部品と部品の関係は、風が吹けば桶屋《おけや》が儲《もう》かるのたとえのような、線形のアルゴリズムではなく、もっと多様なネットワークの中にある。しかもそのネットワークはたえず、積極的に破壊されながら、作り変えられている極めて動的なものだ。この動的なバランスの中に、時間の流れに抵抗し、エントロピー（乱雑さ）増大の法則にあらがおうとする生命本来の努力がある。

私は思い出した。生命のともしびが消えると、たちまちルリボシカミキリの青が失われてしまったことを。あれは生命が、エントロピー増大の法則に押し倒された瞬間だ。私は、自分のセンス・オブ・ワンダーを取り戻し、今一度、自分の原点に立ち返るべきだと考え始めた。

そこからいろいろな転換が始まった。生命本来の努力——先回りして自己破壊しながら、絶えず作り直すこと――を「動的平衡」と呼ぶことにしよう。そして分子生物学者として生命を細かく分解することをこのあたりで卒業して、生命の「動的平衡」の原理を考える生命哲学者になろう。世界は分けてもわからないのだ。分節化されすぎた生命を統合しなくてはならない。私は理工学部の研究室を閉め、自らは文系学部の所属に変えてもらった（理系学生が将来に悩んで進路変更することはよくあるが、先生が自ら〝文転〟してしまったのだ）。

＊　＊　＊

レイチェル・カーソンについて是非とも書いておかねばならないことがある。

周知のとおり、彼女は、名著『沈黙の春』によって環境問題に対する意識を広く一般市民に知らしめた先駆者だった。私は、ニューヨークの古本屋で『沈黙の春』の初版本を見つけ購入し、今でも宝物にしている。水中を泳ぐ川魚のすばらしい挿絵が入った美しい本だ。

カーソンが着目したのはＤＤＴという蚊やダニといった害虫に対する殺虫剤だった。殺虫剤ＤＤＴは開発当初、奇跡の化学物質に見えた。即効性があって、ほぼ完全に害虫を駆除できる。効果も長持ちする。なのにヒトには害がなくしかも安価。殺虫効果の発見者ミュラーはノーベル賞を受けた。誰もがＤＤＴは安全だと思っていた。しかし、

ＤＤＴは効き目があり、長持ちするからこそ、生態系の動的平衡を崩す。そのことに気づくためには、生命が時間の関数としてふるまうことに注意を向ける必要があった。

分解されにくいＤＤＴは昆虫の身体に浸透したあとそこに残留する。それはそのまま次の捕食者に移行する。虫を食べた小鳥や小動物へ、さらに小鳥や小動物を捕食する大きな動物や猛禽《もうきん》類へ連鎖していく。米国の自由の象徴であるハクトウワシにさえ影響が及ぶのだ。このような事態を放置すれば、最後には、花をめぐる虫の羽音や鳥のさえずりが聞こえない、沈黙の春が来る。カーソンはそう警鐘を鳴らした。

カーソンの指摘は衝撃をもって受け止められた。本はベストセラーになったが、一方で彼女に対する攻撃にもすさまじいものがあった。ＤＤＴによって経済的な恩恵を得ていた産業界や政治家から激しい暴言を投げつけられた。子どももいないヒステリーの独身女がなぜ遺伝のことを心配するのか、といった心無い言葉だった。結果的に、市民のあいだに環境問題に対する意識が高まり、時の政府も環境保全行政に舵《かじ》を切り、ＤＤＴは規制されることになった。カーソンの思想は勝利したのである。

＊　＊　＊

ところが、カーソン没後、半世紀以上が経《た》とうとする現在もなお、ネット上では、徹底的なカーソン批判が満ち溢《あふ》れているのだ。いわく、カーソンは間違っていた。カーソンはナチスよりも、スターリンよりも多くの人を殺したと。Wikipedia の記述さえ、しばしば批判者によって書き換えられ、擁護者によって訂正され、また書き換えられることが繰り返されている。

カーソンの批判者の主張はこうだ。カーソンの世論喚起によってＤＤＴが禁止され、そのせいで何百万人ものアフリカ人がマラリアで死んだ。ひるがえって、ＤＤＴで直接、死んだ人はほとんどいない。人間の生命より環境の方が大事だという考え方は間違っていると。

しかし事実を記せば、間違っているのはこのカーソン批判の方である。カーソンが警鐘を鳴らしたのは大規模な農薬散布であり、マラリア対策のためにＤＤＴを家屋の壁面に塗ることには反対していない。しかも、カーソンが『沈黙の春』を書いた頃にはすでにマラリアを媒介する蚊はＤＤＴ耐性を獲得しており、ＤＤＴの禁止がマラリア死を増大させたという言い方は端的に間違っているのだ。

それにもかかわらずカーソン批判が消えることはない。この批判は組織的に行われており、そこには多額の資金が流れ込んでいる。なぜ今――ケネディ政権がカーソンに耳を傾け、その後、ＤＤＴの使用が禁止されてから五十年を経てもなお――カーソン批判がやまないのか。『世界を騙《だま》しつづける科学者たち』（ナオミ・オレスケス、エリック・Ｍ・コンウェイ著、福岡洋一訳、楽工社、二〇一一年）によれば、そこには隠された意図があるからである。

　政府による規制が、成功ではなく実は失敗だったと広く人々に思い込ませることができるなら、他の規制に対しても懐疑論を醸成することができ、それを強化することができるからである。一種の陰謀論の拡散なのである。

　世の中には規制を受けたくない人々が存在する。酸性雨、オゾンホール、喫煙、地球温暖化。いずれの問題も、科学者の中には反規制陣営に味方する者がいる。研究費や様々な恩恵を受けているからである。

　科学的な問題のほとんどは、実は、科学の問題ではなく、科学の限界の問題である。ほんとうに危険があるのかどうか、科学的に見極めきれない、そのような問題がたくさんある。今すぐにはリスクを立証できない問題があるとき、反知性主義や懐疑論の売人がつけいる隙《すき》ができる。それは今回のコロナ禍やワクチンをめぐる問題でも目《ま》の当たりにしたとおりだ。

　カーソンをために非難すること。それは、科学的に間違っているばかりでなく、悪意に満ち、そして醜い行為なのである。

＊　＊　＊

　一九六〇年代中盤、『沈黙の春』を書き上げ、大きな反響と反論の中にあったカーソンは、メイン州の海辺の別荘で自らの信ずることを淡々と書き続けていた。彼女の著作の中で、もっとも美しくて優しい本といっていい本書『センス・オブ・ワンダー』もその頃書かれた。当時、カーソンはガンに侵されていた。本人もそのことを知っていた。ある日、彼女は海沿いで何時間ものあいだ、友人のドロシーと一緒にモナーク蝶の飛行を眺めていた。そのときのことをカーソンはこんな風に書いている。

「でも、とりわけ心に強く残ったのは、まるで見えない力に引き寄せられるように、西へ向かって一羽、また一羽とゆっくり飛んでいく、オオカバマダラの姿でした。私たちは、あの蝶たちの一生について話しましたね。彼らは戻ってきたでしょうか？　いいえ、あのとき二人で話したように、蝶たちにとって、それは生命の終わりへの旅立ちでした。

午後になって、思い返してみて、気づきました。あの光景はあまりにも美しかったので、蝶たちがもうけっして戻ってこないという事実を口にしても、悲しいとは感じませんでした。それに、すべての生きとし生けるものが生命の終わりを迎えるとき、私たちはそれを自然のさだめとして受け入れます。

オオカバマダラの一生は、数カ月という単位で定められています。人間の一生はまた別のもので、その長さは人によって様々です。ですけれど、考え方は同じです。歳月が自然の経過をたどったとき、生命の終わりを迎えるのはごくあたりまえで、けっして悲しいことではありません。
きらきら輝きながら飛んでいった小さな命が、そう教えてくれました。私はそのことに深い幸福を感じました――あなたも同じように思ってくださるよう願っています」

（『失われた森　レイチェル・カーソン遺稿集』所収「ドロシー・フリーマンへの手紙」より、
リンダ・リア編、古草秀子訳、集英社文庫、二〇〇九年）

＊　＊　＊

カーソンは、死出に旅立つモナーク蝶に自分を重ねていた。そしてすべての自然がそうであるように、必ず訪れる死を静かに受容しようとしていた。動的平衡としての生命は、エントロピー増大の法則に打ち勝つことはできない。最後は押し倒されてしまう。しかし一方で、個体の死は最大の利他的行為である。個体が死ぬことで、有機物は自然の循環の輪の中に戻り、その個体が占有していたニッチはまた他の生命体に明け渡される。彼女はそのことがよくわかっていた。そして同時に、モナーク蝶の羽ばたきは、カーソンのセンス・オブ・ワンダーの原点であったに違いない。幼い頃、カーソンはきっとどこかで、風に吹かれながら遠くへ渡っていく蝶を見送ったことがあったはずだ。そのときはまだ、自分の身の上にこのあと何が起きるか、全く知らないまま、無垢《むく》の心で、モナーク蝶の深い斑《まだら》模様を愛《め》でただろう。センス・オブ・ワンダーは、後からそう気づくものなのだ。

この美しくて優しい本が、今もなお多くの心ある読者に届いていることが、それが今後もずっと続くであろうことが、まぎれもなく彼女が生きた証《あかし》なのである。

（生物学者）

詩人科学者の遺言

若松英輔

われわれは、ひとつの使命をおびている。大地を陶冶《とうや》をするべく召命されている。
（ノヴァーリス「花粉」今泉文子訳）

『センス・オブ・ワンダー』を買ったのは、ずいぶん前のことである。手元にある本は二〇〇一年に刷られたものだから、二十年ほど前なのかもしれない。だが、この本に本当に出会ったと感じられたのは、コロナ禍にあって、読むことも書くことも難しくなったときのことだった。

批評とは本を読み、そこで出会った言葉たり得ないものを、己れの心で育み、言葉にして送り出す営みだが、ある日、それが出来なくなり、身動きがとれなくなった。本を開いても文字の意味を追うことしかできず、入ってくるのは情報や知識だけで、書き手の沈黙を感じることができない。

言葉は——より精確にいえば言葉に潜む意味は——魂の糧《かて》でもあるから、読めず、書けない日々は、自分の存在が細っていくようにすら感じられた。今ではそれが、ある種の危機だったことも分かるが、そのときはそうしたことすら分からず、見えない迷路のなかで苦悶《くもん》するほかなかった。

読書を愛する人は、自分が本を選んだのではなく、本に呼ばれたといいたくなるような現象を何度か経験しているのではないだろうか。『センス・オブ・ワンダー』との再会もそのようにして起こった。

天井の高さほどある書棚の下方にあって、他の本に埋もれているようにしまわれていたこの本が、読めといっているように感じられたのである。

頁《ページ》を開く。冒頭の一節を読んだとき、言葉が光になった。自分と言葉のあいだを遮《さえぎ》っていたものが消えたのである。

ある秋の嵐《あらし》の夜、わたしは一歳八か月になったばかりの甥《おい》のロジャーを毛布にくるんで、雨の降る暗闇《くらやみ》のなかを海岸へおりていきました。

海辺には大きな波の音がとどろきわたり、白い波頭がさけび声をあげてはくずれ、波しぶきを投げつけてきます。わたしたちは、まっ暗な嵐の夜に、広大な海と陸との境界に立ちすくんでいたのです。

そのとき、不思議なことにわたしたちは、心の底から湧《わ》きあがるよろこびに満たされて、いっしょに笑い声をあげていました。

あのとき私は、確かに、レイチェルと幼いロジャーが見た海岸に立ち、波の音を聞いた。そして、私もまた、予期せぬ「心の底から湧きあがるよろこびに満たされ」たことに驚いた。その場には誰もいなかったが、もしその一部始終を注視した人がいたら、微笑《ほほえ》んでいる私の眼から涙がこぼれているのを見たかもしれない。

不安と焦燥《しょうそう》、得体のしれないものへの恐怖に押しつぶされ、私は「いのち」とのつながりを見失っていた。自分と近しい人の身体的生命を守ることに懸命で、生命をいかしている「いのち」を感じられなくなっていたのである。

レイチェルとロジャーが思わず笑ったのは彼女たちの「いのち」が、自然の「いのち」と美しいばかりに共鳴したからだろう。あのとき私は、レイチェルの言葉を前に同質な出会いを経験した。言葉もまた、自然であることを知らされたのである。『センス・オブ・ワンダー』の言葉は見えないものに閉ざされていた私を、ふたたび世界に引き戻してくれた。先に引いた一節には次の言葉が続く。

幼いロジャーにとっては、それが大洋《オケアノス》の神の感情のほとばしりにふれる最初の機会でしたが、わたしはといえば、生涯の大半を愛する海とともにすごしてきていました。にもかかわらず、広漠とした海がうなり声をあげている荒々しい夜、わたしたちは、背中がぞくぞくするような興奮をともにあじわったのです。

「大洋《オケアノス》の神の感情のほとばしり」という表現は比喩《ひゆ》に過ぎないという人もいるだろう。レイチェル・カーソンは、優れた海洋生物学者であるだけでなく、『沈黙の春』によって農薬と化学物質の脅威を論じた稀有《けう》な科学的精神の持ち主である。彼女と海の神は関係がない、という人もいるかもしれない。

本に正しい読み方など存在しないから、それでもよいが、この本にはそうした合理の道とは異なる「ワンダー（神秘さや不思議さ）」に通じる道も開かれている。確かにレイチェルは秀逸な科学者である。だが、同時に彼女は敬虔《けいけん》な信仰者であり、また文字通りの意味での詩人でもあった。

それはレイチェルが敬愛して止《や》まなかったアルベルト・シュヴァイツァーが医師でありながら哲学者、神学者、さらにはオルガン奏者だったこととも似ている。レイチェルには、波のうねりに科学的な事実とともに神々の感情を感じる感性と霊性が宿っていた。そうでなければ「背中がぞくぞくするような興奮」が彼女を包むこともないのである。

レイチェル・カーソンの名前を初めて知ったのは十代の終りである。小林秀雄の「DDT」と題するエッセイを読んだのがきっかけだった。『沈黙の春』の日本語訳が刊行されたのは一九六四年六月、小林がこの作品を新聞に寄稿したのは同年の十月である。この一文は小品と呼ぶほどのものだが、レイチェルの本質をじつによく捉えている。小林は次の一節から始めた。

「アメリカでは、春が来ても、自然は黙りこくっている。そんな町や村が、いっぱいある。いったい何故なのか。わけを知りたいと思う人は、読んで欲しい」と言って、アメリカのカーソンという生物学者が、「サイレント・スプリング」という本を書いた。青樹簗一《りょういち》氏の、熱意をこめた邦訳によって、私は、いったい何故なのか、はっきり知った。（「DDT」『小林秀雄全作品25』所収）

ここで小林が「自然」と書いている言葉にも〝nature〟と〝life〟が併存している。そうでなければ「自然が黙る」という表現も生まれてこないだろう。

今日、レイチェルの詩情に言及する人は少なくない。それは『センス・オブ・ワンダー』を一読すれば瞭然《りょうぜん》とする。この作品は散文というより散文詩といった方がよいような趣さえたたえている。しかし、あの時代に『沈黙の春』を読み、それを看破した人は決して多くなかったのではあるまいか。小林は科学者レイチェル・カーソンのなかに一人の自然詩人の姿を見る。

カーソンの眼は、生きた自然の均衡に向けられている。この観念は、自然詩人の誕生とともに古いのである。こういう私達の情緒や愛情に基く観念、と言うより私達の生得の直観と言っていいものが、現代科学者の分析的意識のただ中に顔を出して来るとは面白い事だ。(同前)

ここで小林が「均衡」という表現を用いているのにも注目してよい。この世界に均衡を取り戻すこと、それがレイチェルの悲願だったのである。DDTに代表される化学物質が動植物の生態系を破壊し、樹々《きぎ》のあいだから響き渡っていた鳥や虫たちの声を封じた。それは事実である。しかし、レイチェルの眼は一段深いところに届いていることを小林は見過ごさない。そして、それは自然科学者というよりも「自然詩人」のまなざしだというのである。

鳥や虫が鳴く声は人間の鼓膜を揺らす。しかし、「自然」にはそれとは異なるもう一つの「声」がある。動植物、さらにいえば鉱物をすら生かしている「いのち」のはたらきがある。それが活動を止めてしまった。ほとんどの人の目に世界は何の変化もないように映った。しかし、科学者、詩人、さらには信仰者という複眼で見ていたレイチェルには崩れゆく「均衡」がはっきりと分かった。

「放射能の雨ばかり心配していても駄目である。私達は、化学薬品の雨でずぶ濡《ぬ》れなのだ、とカーソンは言う」と小林秀雄は書いている。ここでの「放射能の雨」は核実験を指すのだろうが、二十一世紀を生きる私たちには原子力発電所という新しい危機が重なっている。そして、レイチェルが生きた時代ほど激しくはないとしても「化学薬品の雨」は、今も静かに続いているのである。十代の頃には分からなかったが、今、迫りくる自然破壊のなかで読むと、半世紀のあいだ、人間は何をしていたのかと疑いたくなる。レイチェル自身はこう書いた。

めまぐるしく移りかわる、いままで見たこともないような場面――それは、思慮深くゆっくりと歩む自然とは縁もゆかりもない。自分のことしか考えないで、がむしゃらに先をいそぐ人間のせいなのだ。放射線といっても、岩石から出る放射線でもなければ、またこの地上に生命が芽生えるまえに存在していた太陽の紫外線――宇宙線の砲撃でもなく、人間が原子をいじってつくり出す放射能なのだ。(『沈黙の春』青樹簗一訳)

現代人が生活する歩調は、自然の均衡を無視している。立ち止まることも、立ち戻ることもせず、ひたすら前に進む。そして、過度に快適さを求めた結果、環境破壊、あるいは気候変動に及び、今では目を覆《おお》うような危機にまでなっている。レイチェルが鳴らした鐘は止むことを知らない。

ドイツ・ロマン派の詩人哲学者ノヴァーリスは「真の手紙は、その本性からして、詩的なものである」(『花粉』今泉文子訳)と書いているが、それは『センス・オブ・ワンダー』の本質を言い当ててもいる。この本は、ロジャーという愛する子どもと二十一世紀――レイチェルからみれば次の世紀――に生きる私たちへのレイチェルからの手紙なのである。

ただ、レイチェルが私たちに送った「手紙」は、文字によってのみ記されているのではない。彼女は、経験こそ、人生の富と呼ぶべきものであることを教えてくれる。幼いロジャーもそのことは分かっていた。

このようにして、毎年、毎年、幼い心に焼きつけられてゆくすばらしい光景の記憶は、彼が失った睡眠時間をおぎなってあまりあるはるかにたいせつな影響を、彼の人間性にあたえているはずだとわたしたちは感じていました。

それが正しかったことを、去年の夏、ここでむかえた満月の夜に、ロジャーは自分の言葉で伝えてくれました。わたしのひざの上にだっこされて、じっと静かに月や海面、そして夜空をながめながら、ロジャーはそっとささやいたのです。

「ここにきてよかった」

レイチェルがロジャーに伝えようとしているのは、単なる知識ではなく、全身に響きわたる経験である。そうした理知の壁を貫き、「いのち」に直接注ぎ込まれた出来事は不朽のものとなる。そして、幼いロジャーの心中でゆっくりと育まれ、必要なときに開花し、そっとこの世界の秘密を解き始める。そのことを彼女は熟知していた。それは海洋生物学者としての彼女がわが身に刻んできたことでもあった。

ロジャーの姿からもレイチェルは多くを学んだ。真摯な経験は感性や霊性を豊かにするだけでなく、知性と理性にも確かに働きかけることを確信する。

美しいものを美しいと感じる感覚、新しいものや未知なものにふれたときの感激、思いやり、憐《あわ》れみ、賛嘆や愛情などのさまざまな形の感情がひとたびよびさまされると、次はその対象となるものについてもっとよく知りたいと思うようになります。そのようにして見つけだした知識は、しっかりと身につきます。

消化する能力がまだそなわっていない子どもに、事実をうのみにさせるよりも、むしろ子どもが知りたがるような道を切りひらいてやることのほうがどんなにたいせつであるかわかりません。

知識の花は感性と霊性を土壌にしたとき、より豊かに美しく開花する。だが、どんなに多くの知識を身に付けても、感性や霊性は動かない。それぱかりか、知性や理性すら花開くことはない。

哲学は驚きに始まるといったのは、プラトンである。驚きはついに畏敬《いけい》へと深まる。人は自然に畏怖の念をもって接するとき、自分の内面にもう一つの自然があることを知る。そして、ついに、この世の自然を包む大いなるものをはっきりと感じるようになる。

あの日、『センス・オブ・ワンダー』に再会して以来、科学者の書いた文章が、それまでとはまるで違って見えるようになった。科学者は、自然の神秘を否定しているのではなく、詩人や哲学者とは異なる方法でそれを探究していることが分かってきた。

アリストテレスに象徴されるように、文学／哲学と科学を架橋する人物は、いつの時代にもいる。レイチェルやシュヴァイツァー、ゲーテもそうした人間のひとりだった。ゲーテは、国民的な文学者であるだけでなく、独自の色彩論を構築した科学的精神の持ち主だった。レイチェルがそうだったように考える前に見る人だった。さらにいえば見ることと考えることが同義だった。ゲーテは、植物の形態をめぐる文章のなかで観察の効用にふれ、興味深いことを語っている。

人間が植物を見る、というがゲーテはそうは感じなかった。彼は植物が人間に「活発な観察を行うように促」しているように感じていた。

だが、その促しに従って植物を凝視していると、その対象を自分の自由にしたいという衝動を感じるようになる、という。

ある科学者はその衝動のまま突き進む。しかし、ゲーテは違った。彼は、人間の衝動すら抑え込むほど強い自然のはたらきを感じ得た。その促しを受け容《い》れ、再び観察を始める。不思議なことにそこに、予期しなかった新しい地平が拓《ひら》け始めた、という。

この〈植物と人間の〉相互の影響を納得すると、彼は二つの無限なものに気がつく。それらの対象については、存在と生成および生動して交差する諸関係の多様性、また、自分自身については無限の自己完成の可能性である。（『ゲーテ形態学論集　植物篇』木村直司編訳）

一輪の花であったとしても「いのち」を開き、それと向き合うことができるとき、人はそこに肉眼には隠れている無数の多様性を感じ始める。そればかりか、自らのなかにも無限と表現すべき自己深化の可能性を認識するようになる。
自然の中に可能性を発見する。そのとき人は自己の可能性に気がつく。そういうゲーテの証言に次のレイチェルの言葉を折り重ねるとき、現代人が見過ごしてきた自然の秘義をかいま見る思いがする。

わたしは、その声をきくたびに、さまざまな気持ちのいりまじった感動の波におそわれずにはいられません。わたしは、彼らの長い旅路の孤独を思い、自分の意志ではどうにもならない大きな力に支配され導かれている鳥たちに、たまらないいとおしさを感じます。また、人間の知識ではいまだに説明できない方角や道すじを知る本能に対して、湧きあがる驚嘆の気持ちをおさえることができません。

「人間の知識ではいまだに説明できない」何かを感じ続けること、それが人間を真の意味で人間に近づける、そうレイチェルはいう。自然と無音の対話をする。それは、もう一つの自己発見の道程なのだろう。
ロジャーの母は病に斃《たお》れ、彼が五歳のときに、レイチェルは養子として迎え入れている。二人は親戚《しんせき》ではなく親子になる。一九五七年のことである。胸部にガンが発見されたのは一九六〇年、二年後、『沈黙の春』を書き終えた頃には病はすでに進行していた。そのとき、最後の仕事になるかもしれないことを感じつつ、レイチェルがふたたびペンを執ったのが『センス・オブ・ワンダー』だった。

この本の初稿が雑誌に連載されたのは一九五六年だったが、刊行はレイチェルが亡《な》くなった翌年、一九六五年である。レイチェルはさらに加筆し、この本を完成させようとしていた。しかし、多くの読者は不足を感じないだろう。むしろ、この世には、完成よりもいっそう豊かな未完成があることを、レイチェルが「いのち」でつむいだ言葉によって知るのである。

（二〇二一年七月、批評家、随筆家・東京工業大学リベラルアーツ研究教育院教授）

私たちの脳はアナログな刺激を求めている

大隅典子

上遠恵子氏の美しい日本語に、川内倫子氏の幻想的な写真が新たに添えられた文庫版『センス・オブ・ワンダー』を読み、ふと、宮沢賢治の『十力《じゅうりき》の金剛石』という西洋風童話を思い出した。

ある朝、王子は大臣の子どもから、虹《にじ》の足元に「ルビーの絵の具皿」という珍しい宝物があると聞き、一緒にそれを探しに行く。二人で虹を目指して野原を渡って歩いていくのだが、追いかければ追いかけるほど虹は逃げてしまう。そうやって霧の深い森にわけ入ると歌が聞こえてきた。

「ポッシャリ、ポッシャリ、ツイツイ、トン。
はやしのなかにふる霧は、
蟻《あり》のお手玉、三角帽子の、一寸法師の
ちいさなけまり。」（角川文庫）

歌はその後、「ポッシャリポッシャリ、ツイツイトン」から「ポッシャリ、ポッシャリ、ツイツイツイ」に変わり、「ポッシャン、ポッシャン、ツイ、ツイ、ツイ」、そして「ポッシャン、ポッシャン、ポッシャン、シャン」となり、霧がやがて雨に変わっていく情景が描写される。この歌を歌っていたのは蜂雀《はちすずめ》という鳥だった。

王子と大臣の子どもが、さらに蜂雀の飛ぶ後を追って、丘の頂上にたどり着いてみると、雨があられに変わった。……と思うと、それは美しい「ダイアモンドやトパァスやサファイア」の粒だった。なんと、あたりに咲くりんどうの花は「天河石《アマゾンストン》」、その葉は「硅孔雀石《クリソコラ》」でできている。王子は「はんけち」を出して宝石の粒を集めようとする。だが、あまりにたくさんあるので、ばかげているような気になった。

やがて草花は「十力の金剛石」（ダイヤモンド）が今日も降らないといって悲しみの歌を歌う。蜂雀とともに皆でいっしょに「あめつちを充《み》てる十力のめぐみ／われらに下れ」と叫ぶと、空から菩薩《ぼさつ》の力として十力の金剛石が降ってくる。実は十力の金剛石とは、宝石でできた草花を本物の草花に変える露だったのだ。王子と大臣の子どもは、「碧《あお》いそら、かがやく太陽、丘をかけて行く風」や、二人の「涙にかがやく瞳《ひとみ》」さえも、すべて貴重な十力の金剛石だと知る。

イーハトーブの世界を描いた賢治は、子どもの頃「石こ賢さん」と呼ばれていたほど、さまざまな石に熱中し、ひたすら鉱石を収集した。石のかけらごとの、その小さな差異を見つけるセンスは、賢治の独特なオノマトペや多様なファンタジーに繋《つな》がっている。

賢治はさまざまな美しさを見つけ、それに驚き、そしてそれを言葉として結晶化できる天才だった。雨上がりの濡《ぬ》れた草葉の煌《きらめ》きや種々の鉱石の輝きを見出《みいだ》し、鳥の声を聞き分けるセンス・オブ・ワンダーを備えていた。

＊　＊　＊

人はなぜ美しいと感じるのだろう。なぜ美しさに心が震えるのだろう。

画家たちは、その仕組みはわからないながら、心を揺さぶる自然や人間の美しさを描きとめ、神経美学に興味を持つ研究者たちは、「脳のどこで美しさを認知しているのか」という具体的な問いを立てる。

その答えにたどり着いたのは、英国のユニバーシティ・カレッジ・ロンドンのセミール・ゼキ博士とともに研究を行ってきた石津《いしづ》智大《ともひろ》博士（現関西大学准《じゅん》教授）だ。やり方はこうである。

被験者に脳の活動を測定する機械の中に入ってもらい、何枚もの肖像画や風景画などを見せ、主観的な美醜を判断させる。そして、美しいと感じたときに血流が増えて活性化する脳の部位を突き止めると、それは前頭葉の一部の内側眼窩前頭皮質《ないそくがんかぜんとうひしつ》、ちょうど眉《み》間《けん》の奥に相当する部分であった。賢治の脳でも、煌めく鉱石や、イーハトーブの原風景を見た折に、内側眼窩前頭皮質が活性化していたのだろうか。

ちなみに、この部位は、音楽を聴いて美しいと感じたときにも活性化する。絵画から得られる「視る美」の体験は、音楽から得られる「聴く美」の体験とはまったく異なるように思えるが、脳は、ひとつひとつの感覚を超えて、より抽象的なレベルで「美」を感じ取ることができるということだ。さらに、道徳的な「美しさ」、すなわち、「善」や「真」の概念についても、同様に内側眼窩前頭皮質が関わるという。

ギリシア時代より「美は善」という考え方があるし、数学の世界でも「美しい数式」が尊いとされる。私自身も「真実は美しいものに宿る」というのが研究のモットーだ。だとすれば、子どもたちが幼い頃にもっとも触れるべきなのは、まずは自然界で感じる美しさであろう。子どもの脳における美の体験は、その後の生き方の規範となりうる。

私は東北大学において生物学に軸足を置いて、脳の発生や神経発達障害のメカニズムについて研究しているが、高校を終えるまで、神奈川県の逗子《ずし》というところに住んでいた。三浦半島の付け根に位置し、西は相模《さがみ》湾、三方は山（というよりは丘に近い）に囲まれて鎌倉市、横須賀市、葉山町に接している小さな市だ。小坪《こつぼ》という漁港には新鮮な鯵《あじ》や鯖《さば》が揚がる。夕日が沈む頃、海の向こう、茜《あかね》色の空に見える富士山の神々《こうごう》しいシルエットが、自分にとっての美しさの原体験だ。夕焼けはなぜ、こんな風に刻々と色合いを変えるのだろう。富士山はなぜ、こんな美しいかたちをしているのだろう……。

産湯《うぶゆ》に浸《つ》かった頃の記憶を持つ方もいるというが、私は小学校までの記憶はほとんど無い。それは、記憶が短期に定着する脳の海馬という部分において、小さな子どもでは新たな神経細胞が次々生まれてくることと関係するのではないかと捉《とら》える神経生物学者もいる。厳密に言えば、記憶が無いということと、思い出すことができないことは別であって、幼い頃に体験したことは、覚えているという自覚が無くても、脳の中に刷り込まれていると信じて良い。

思い出せる範囲で言えば、小さい頃とても体が弱く、そのためなのか臆病《おくびょう》で、日曜日に父と散歩に出かけるときには、同じルートをたどることを主張したらしい。まだ周囲に田畑が見られた頃だったが、当時歩いていたのは住宅の小道。それでも季節ごとに垣根や庭木の花が咲き、広い空に浮かぶ雲の変化を楽しんだ。ほとんどの感染症を保育園時代に済ませたからか、教員免許を取られたばかりの二年生の担任が、生徒の心身を強くしようと熱心にトレーニングしたことが功を奏したのか、その後は、あまり病気をしなくなり、友人とプチ冒険に出かけるようになった。田んぼの用水路のザリガニや、神社の巨木のセミを取ったり、遠浅な海岸でアサリを探したりできた。

一人っ子で、母も東京で仕事を持っていたため帰宅が遅く、世話をしてくれた祖母の負担を減らす目的もあり、放課後の時間はピアノのレッスンや絵画教室にも通っていた。ピアノも絵もプロになる才能はまったく無いと自覚できたが、手を動かすことを学び、様々な美しい世界があると知ることができたのは、後の人生に大いに役立ったと振り返る。

＊　＊　＊

生物学者にとって、未《いま》だ解かれていない大きな問いを立てることも重要だが、観察対象の小さな差異を見出すこと、そして多数の小さな証拠から仮説を導き出し、それを丁寧に検証するということが必要となる。気の遠くなるような根気と時間のかかる作業を経て、それらは論文という姿となって世に出ていく。難産の末に生まれる論文は、我が子のように愛《いと》おしい。

最近では仮説に基づかずに、多量のデータを人工知能に放り込んで、導き出される分析結果を、いわば無機的に報告するという「データドリブン」な研究も多くなってきてはいるが、データを眺めるには「センス」が必要だと思う。ある実験データと別の実験データの間に関係性を見出すのは、夜空に瞬《またた》く数多《あまた》の星の間に線を引き、見えない星座を描くのと似ているかもしれない。そのような直感は恐らく子どものうちに培《つちか》われる。

小さな差異を見つけて驚きを感じるときにも、美を感じる内側眼窩前頭皮質が活性化しているのだろうか？　それはまだ明らかではないが、きっと脳の神経細胞からはドーパミンという神経物質が出て、「報酬系」と呼ばれる神経回路が活性化され、記憶が強化される。その繰り返しの営みが、漠としたたくさんのデータの中から、光る石を見出すことに繋がるのだと思う。

昨年、『スマホ脳』（新潮新書）の著者、精神科医のアンダース・ハンセン博士とオンラインで対談したのだが、私たちが日々使っているスマートフォンには、皆うすうす気づいているように中毒性がある。ハンセン博士によれば、私たちは平均一日二千六百回、二時間以上もスマートフォンに触れているという。私自身、もはやiPhone無しでは生きていけないほど、連絡先もメモも、外部メモリに頼りきっており、種々のアプリは仕事の効率化に欠かせない。だが、インスタグラムの「映える」画像に象徴されるように、スマホから瞬時に得られる様々な刺激の多くは、自然界よりも大げさで「盛って」あり、記事を見るたびごとに脳の中ではドーパミンが放出される。

自然界の美しさを感じて放出されるドーパミンと、スマートフォンやタブレット端末から得られる刺激によって放出されるドーパミン自体に物質的な違いは無い。だが、真《ま》っ直《す》ぐな線分にのみ反応する神経細胞が存在することから推察されるように、私たちの脳は自然界に存在する曖昧《あいまい》な形象よりも、人工的でくっきりとした輪郭を見たときに、より強く刺激される性質がある。したがって、ディジタル端末の小さなモニタで人の心を惹《ひ》き付けようと様々に工夫された情報は、脳の報酬系に強烈に働きかけ、放出される多量のドーパミンによって、むしろ私たちの注意を散漫にする側面があるのだ。

このことによって、脳はいとも簡単にハックされる。スマートフォンへの過度な依存は、睡眠不足や鬱《うつ》、集中力や記憶力の低下と関連するとハンセン博士は主張する。

忙しい保護者にとって、子どもが静かにスマートフォンやタブレット端末に熱中してくれているのは、有り難いということもあるのだろう。新幹線や航空機で移動するときなど、親も子どももスマートフォンやタブレット端末に夢中なのは、よく見る光景だ。しかし、スポンジのように何でも染《し》み込んでいく子どもの脳にとって、スマートフォン経由の情報は自然界よりも刺激が強い。広い三次元の世界での多様な体験の前に、二次元の小さな画面からの密度の濃い刺激に脳が適応してしまうのは、避けたほうが良い。

レイチェルはこう記している。

子どもたちがであう事実のひとつひとつが、やがて知識や知恵を生みだす種子だとしたら、さまざまな情緒やゆたかな感受性は、この種子をはぐくむ肥沃《ひよく》な土壌です。幼い子ども時代は、この土壌を耕すときです。

ヨハネの福音書に「真理はあなたがたを自由にする」とあるように、正しい知識は人間の可能性を広げる。だが、幼い子どもに対しては、知識そのものを伝えることが重要なのではない。いっしょに空を見上げる、風の音に耳を澄ます――。たとえ都会に暮らしていたとしても、燕《つばめ》の巣作りやプランターのハーブの芽吹きなど、子どもの傍にいる大人は不思議や美しさを共有することができる。それが子どもの感性を育《はぐく》む。

レイチェル自身、子どもの頃、来る日も来る日も野原や森で思いのままに植物や動物と触れ合って過ごしたという。それは、野鳥を熱心に観察していた母親の影響も大きかったらしい。子どもの「これは何?」という問いに、親が直接その答えを知っていなくてもよい。「何だろう? おもしろいね! あとでしらべようか」と共感し、応答することが大事だろう。「なぜ?」という質問に対して、「あなたはどうしてだと思う?」と問い直しても良いし、「お母さんは(お父さんは)こう思う」と自分の意見として伝えるのでもよい。疑問を共有すること、認めることが大切だ。大人になってからも、本当に大事なのは、既存の問題に素早く答えを出すことではなく、「問い」を立てられることである。そのようなタレントこそが、将来のイノベーションや起業に大切であろう。

レイチェルは、子どもといっしょに虫眼鏡で周囲の物を観察することを勧めている。高価な顕微鏡を買い与えなくても、今だったら、スマートフォンに装着できる簡単な顕微鏡がある。数ミリの球形レンズを用いて拡大する原理は、十七世紀にオランダのアントーニ・ファン・レーウェンフックが発明したものと同じ。レーウェンフックは池の水や唾液《だえき》の中に動く小さな生き物を見つけ、それをスケッチにして英国王立協会に書き送ったが（スケッチの一部は実は、同時代の画家、ヨハネス・フェルメールが描いていたという説もある）、スマホ顕微鏡なら、子どもといっしょに観察した小さな対象物を、静止画や動画として記録し、後で見返すことさえ可能だ。小さな科学者としての体験を、遠くのおじいちゃん、おばあちゃんと共有することもできるだろう。スマートフォンを使うなら、こういう使い方が良い。テクノロジーがすべてを否定される訳ではない。科学は身近なところにある。

世界は三次元の空間として存在するだけでなく、視覚、聴覚に加えて、嗅覚《きゅうかく》、味覚や触覚、あるいはまだ科学者がうまく捉えることができない圧力などの感覚にも満ちている。だから、子どもの脳が柔らかいうちに、なるべく多様な刺激に触れるべきだと思う。明瞭《めいりょう》でディジタルな刺激だけでなく、曖昧でアナログな刺激が子どもにとって（大人にとっても）必要だ。

センス・オブ・ワンダーを磨くには、嗅覚、聴覚をふんだんに使うことも大事だとレイチェルは主張する。「いろいろなにおいが混じりあった海辺の空気につつまれている」と、様々な海の生きものたち、潮の満ち干、干潟の泥などが鮮明に思い出されるという。嗅覚が種々の記憶を呼び覚ますことは、マルセル・プルーストの『失われた時を求めて』に象徴的に描かれている。バターの甘い香りのする「プチット・マドレーヌ」を浸した紅茶を口に含んだ瞬間、過去の体験をもとにした「えもいわれぬ快感」が主人公を満たしたというエピソードは、後に「プルースト効果」として広まった。神経科学的には、これは、嗅覚系が記憶の入り口である海馬や感情を処理する扁桃体《へんとうたい》という脳の部位に直接、接続するためと考えられる。残念ながら今のところ、ディジタルの世界では嗅覚を刺激する技術は普及していない。

賢治は、様々な音を細かく聴き分けオノマトペに変換できるセンスを持っていた。レイチェルは、雷のとどろき、波の音や小川のせせらぎなど「地球が奏《かな》でる音」に耳を澄ませるだけでなく、夜明け前の種々の鳥たちのコーラスからも「生命の鼓動」を感じることができると誘う。きっとそれらもまた内側眼窩前頭皮質を刺激するのではないだろうか。

通常の視覚を有する人にとって、夜の闇《やみ》ではさらに感覚が研ぎ澄まされる。それは人間が自動的に処理する感覚のうち、もっとも多くを占めると考えられる視覚が抑えられるからだ。夜の探検は音や匂《にお》いにさらに敏感になることができ、小さな差異に気づきやすくなるだろう。キャンプやグランピングや肝試しで夜の戸外を体験するのは、センス・オブ・ワンダーを育む絶好のチャンスだ。

私は科学を生業としているので、どれだけテクノロジーが発達しても、最終的に科学を言葉で語らなければならない。いわゆる「理系」分野においても、自分が理解したことを言語化するという過程は重要だ。

「分かる」とは、現象を厳密に「分ける」ことを出発点とし、違いを見出すプロセスのことである。だが、言葉にならないような理解の仕方もある。友人のK先生は数学について思考するとき、「頭の中で、こっちの方向に何かある、この色の世界に手がかりがありそうという感覚を持つ」と言われた。私の研究分野では、もっと直截《ちょくせつ》なビジュアルデータを扱うが、抽象的な数学に関する彼女の直感はなんとなく理解できる。テキストにならない多角的な情報を認知できる感覚を備えることは、様々な方面で生かされる。その元となるのは多様でアナログな体験ではないだろうか。

＊　＊　＊

レイチェルはこうも書いている。

また、いろいろな木の芽や花の蕾《つぼみ》、咲きほこる花、それから小さな小さな生きものたちを虫めがねで拡大すると、思いがけない美しさや複雑なつくりを発見できます。それを見ていると、いつしかわたしたちは、人間サイズの尺度の枠から解き放たれていくのです。

人が大きな自然や小さな生き物たちの間のスケールに生きているという感覚を得ることは、大人になってから世の中をどのように眺めるのかに影響を与えるだろう。微小な生物にそれぞれの生活や世界があることを知ることは、人間を相対化できることに繋がる。

自然の中で原始的な感覚に身を委《ゆだ》ねる時間も、逆の意味で同様の効果がある。本書の冒頭では、レイチェルが姪《めい》の息子のロジャーを連れて海岸に降り立った夜、荒々しく砕ける波の音に「大洋《オケアノス》の神の感情のほとばしり」を感じたというエピソードが語られる。背中がぞくぞくするような感覚に襲われつつ、なぜか「心の底から湧《わ》きあがるよろこび」に思わず笑い声をあげた二人……。

そう、「センス・オブ・ワンダー」には、不思議さ、美しさとともに、ある種の恐ろしさや崇高さが含まれる場合もある。石津智大博士は子どもの頃、家族で八ヶ岳に行き、高い夜空に瞬く眩《まばゆ》い昴《すばる》を視《み》たときに、「(綺麗《きれい》、だけど)怖い」と感じたという。自分には及びもつかない対象に畏怖《いふ》畏敬の念を持つこともまた、人間を相対化することになる。

もっと日常的なありふれた体験としてだって、自分を支配する何か大きな力を感じることは可能だ。日の出や日の入り、潮の満ち引き、あるいは雨の降り始めの土っぽい匂いを感じながら街を歩くときでさえ、自然の不思議さや計り知れなさに気づくことができる。

自然の中の音だけでなく、例えば教会音楽のようなプリミティブな音にも打ちのめされる。以前、ケンブリッジ大学のカレッジに付属する教会で行われるコンサートに連れて行って頂いたとき、高い天井の建物の中に響き合う音が頭の上から降ってきて、感じたのは神々しさだった。そういえば、人類がまだ言葉も文字も知らない二万年前、ラスコーの洞窟《どうくつ》の中で聞いたのは、どんな音だったのだろう……?

海の向こうに沈む夕日に心を動かされたとき、スマートフォンを取り出す前に（後でも）、その情景に身を委ねたい。一千二百万画素の二次元の記録よりも、今、そこにある三次元の体験をしっかりと脳に記憶したい。同じ時間と空間を共有していたとしても、そこから得られる感覚は、大人と子ども、あるいは人それぞれの経験や特性によって異なるかもしれない。だが、人間が世界のすべてを掌握《しょうあく》しているのではないと認識するのは、謙虚で大切なセンスだろう。大事なのは、心を広げ、気付こうとすること。

世界は不思議で満ちている。

二〇二一年、梅雨明けの待たれる仙台にて

（神経科学者、東北大学教授）

見えない世界からの贈りもの

角野栄子

私は深川の商家に生まれましたが、三歳の時に深川から引っ越して、二十三歳で結婚するまで小岩で過ごし、育ちました。小岩はいまは埋め立てられてしまって、海が遠い町になりましたが、私が住んでいた頃はちょっと総武線に乗れば幕張や船橋に着いて、そこは駅から出るとすぐに海というところでした。小学校一年生の時に戦争が始まって、疎開《そかい》で千葉に住んでいたこともあるし、夏は毎年外房に遊びに行っていました。私は海の近くで育った人間なのです。だから『センス・オブ・ワンダー』で描かれる、夜の海の上で月が輝いて、小さな生きものたちが磯《いそ》を行き交う風景というのは、私にとってはとても近しい世界なのです。

父は番頭である弟に店を任せて、家族とよく遊ぶ人だった。母がはやくに亡《な》くなったからかもしれません。母が亡くなったのは、私が五歳の時。姉は八歳で、弟はまだ赤ちゃんだった。父は二年弱ほどで再婚しましたが、それまでは特に子どもたちに色々なことをしてくれたのです。日中戦争がはじまって、真珠湾攻撃があり、どんどん世の中がおかしくなっていった時代のことです。子どもたちを守りたい、家庭をしっかりしないといけないと思ったのでしょう。

厳しい時代でしたが、私たち姉弟はまだ子どもで、遊びたい盛りです。姉とはよく絵を描いて遊びましたが、弟はアウトドア派だった。だからよく海辺に遊びにいってザリガニを捕ったり、トンボを捕ったりして遊びました。

ザリガニをバケツ一杯捕まえて持って帰ってきて、その辺に出すと、ザリガニは後ずさりをする。おかしいでしょう？　そんなことを発見して、喜んでいました。

トンボなんてほとんど見なくなったけれど、昔はもう、群れをなして飛んでいたのです。シオカラトンボとかオニヤンマとかね。オニヤンマのメスを捕まえて、尻尾《しっぽ》に紐《ひも》をつけて回すと、オスのオニヤンマが集まってきました。

小岩はいまでは立派な住宅地ですが、当時は田んぼだらけだったのです。田んぼがあるということは、水路があるということで、夏にはものすごい量の蚊が飛んでいました。それを食べに蝙蝠《こうもり》が飛んできたりもします。

この作品のように、毛布にくるまれて星を見るような素敵な感じではないけれど、私の子ども時代は、自然を友にいたずらのし放題だったのです。

外房の海を見ていると、波が押し寄せてきて、波濤《はとう》が崩れて、最後は扇型になって広がり、あぶくになって砂浜に消えていく。私にはそのあぶくが、何かしゃべっているように感じられました。父に「何を言っているの？」と聞いて、父が「遠くにいる人が、栄子ちゃんって呼んでいるんだよ」と答えた記憶も残っています。誰かが向こうで呼んでいる――。いまでもそう感じられます。

私にとって海の向こうの水平線は、見えない世界と私をつなげるものでした。何かに出会う場所だった。私は二十四歳の時にブラジルへ渡りますが、ブラジルまでの二ヵ月の船の旅は水平線を見続ける毎日でした。それは見えない世界に出会う旅だったのです。海は何かが生まれて、私のところにやってくる場所なのです。

八ヶ岳に仕事場を持ってみたことがあるのですが、夜になると真っ暗になってしまって、怖くなってしまってダメだった。私には山よりも海が合っているのでしょう。海は、夜になっても少しだけ明るい。そこにいるものたちが、お互いに照らしあっているような気がするのです。

＊　＊　＊

いまの子どもたちはずいぶん忙しそうです。テレビやスマホを見たり、ゲームをしたり。そういったものを頭ごなしに否定しませんが、人間は力をひとつひとつ失っているように思います。

リモコンって、まるで「魔法」みたいなものでしょう。私はテレビもない時代から生きていますが、テレビが出てきたときは、ダイヤルをいくつか回して、いろいろ加減して、それでようやく映ったものです。手加減しながら、機械のもっている「やわ」な部分を操作していた。でもいまはリモコンで簡単にオンオフできるし、チャンネルを変えられる。まさに魔法のようだけれど、「やわ」なものを動かす力を失ったのではないかしら。昔はお鍋《なべ》ひとつ温めるのだって、マッチを擦って火を点《つ》けていたけれど、いまではスイッチひとつ。でもマッチで火を起こす力を失っている。うちのＩＨコンロなんて、タイマーをかけると、声で教えてくれちゃう。

ものごとが進化するというのは、人がそう進化してほしいと願うから、進化するのでしょう。進化には、人の願いが込められているのです。原始の人だって、たとえば器に込めた願いがあったはずです。手で運んでいた水を、くぼみのある葉っぱに入れるとか、土器を作ってみたりとかして、こぼれないようにしたいという願いがあって、それで工夫して進化してきたのですから。だから、あらゆるものが、人の願いのかたまりなのです。でも、いまはその「人の願い」が、想像力や人間特有の力を削《そ》いでいっている気がしてなりません。人の願いに、合理性や効率といったものがくっついてくると、危ないという気がします。

でもその進化は、止められないとも、私は思う。だから、それを超えていく力を子どもたちに贈る教育ということを考えないといけないと思うのです。

父はよくお話を聞かせてくれる人でした。ふとんのなかで、あるいは胡坐《あぐら》をかいて、私たちをその上に座らせて。でもお話の邪魔をする人が時々やってきます。たとえばうちにやってくるお客様。父とお客様のお酒盛りが始まると、父のお話は中断する。私と姉は客間の裏の廊下に立って、耳を澄ましながら、お客様が帰るのを待つのだけれど、なかなか帰ってくれません。

ある時に、姉がどこで聞いてきたのか、「ほうきを逆さまにして、手ぬぐいをかけて立てとくと、お客さんが早く帰る」という。私たちはさっそくやってみました。本当にお客様が帰ったかどうかまでは覚えていませんが、それから数十年経《た》って、私は空飛ぶほうきに乗る魔女の物語を書くことになりました。

おまじないのような、効率や合理性とはほど遠いものが、創造につながるのです。だから子どもたちには本を読んでほしいと思う。

カエルを捕まえて、ひっくり返してみると、お腹《なか》がピクピクする。それを見て、ドキドキする。この中はどうなっているんだろうと想像する。バッタを捕まえて手のひらに乗せてみると、その足の精巧さに驚いたりする。命に触れて想像し、ドキドキすることが少なくなってしまいました。自然が、海が遠くなってしまった今、物語の中にはドキ

＊
＊
＊

ドキや想像や驚きが残されていると思う。

物語を読むことは、不思議を感じる心、センス・オブ・ワンダーを喚起することなのです。どうやってこのカエルたちは生まれるんだろう、どうしてオタマジャクシの尻尾が短くなるんだろうとイメージすることと、物語を読みながら、主人公がこれからどうやって生きていくんだろう、次は何をするんだろうと想像することは、同じことなのです。見えない世界を想像して楽しむということが、物語を読むことだから。

そして本は、自由に読むことができる。嫌になったらやめることもできるし、次の日にまた読み始めることもできる。そこに自分が入り込める余地がある。「これからどうなるのかしら」と想像する自分が入っていく場所が、物語の中にはあるのです。

こういう結末だったけど、こういうお話だったらよかったのにとか、自分だったらこういう終わりにするのになと思うことが、子どもたちにはあります。それは創造の始まりでもあります。人が何かを発見して、感動したら、それを誰かに伝えたくなるでしょう。それはもう物語の始まりであり、創造の始まりなのです。魔女のキキになったつもりで本を読むことは、キキの物語を創造することと同じなのです。主人公を可哀《かわい》そうだと思ったり、憤《いきどお》ってみたり、一緒に喜んでみたりするその時には、主人公だけではなくその人自身の物語が立ち上がっているのです。

大人はつい、「このお話どうだった?」なんて聞いちゃうけれど、子どもは勝手に話してくれるものです。そのときにすぐ反応がなくても、少し待っていれば必ず子どもは感じたことを言葉にしてくれると私は思います。クリエイションが生まれるまで待つことが大切なのです。想像は創造のはじまりだし、好奇心と想像力は双子なのです。

＊　＊　＊

私自身は子育てが下手だったと思う。はやくに母を亡くしたから、人は簡単に死んでしまう、いなくなってしまうという不安が何歳になっても頭を離れなかった。だから娘が熱を出したりすると、母みたいにいなくなってしまうんじゃないかと毎回思ったものです。だから過保護だったり、子どものクリエイションを待っていられなかった。子どもだって親を心配させたくないから、自分の思っていることの半分も言わないものです。だから、もっとゆっくり待って聞いてあげればよかった、もっと察してやればよかったと思います。

運命のせいにするわけじゃないけれど、それは自分自身に、察してくれる人がいなかったからかもしれない。母が死んだとき、まだおっぱいを飲んでいる弟のことを心配して、心配から私の記憶は始まっているのです。心配ばかりして、自分の娘のことも心配で心配で……。でも本当は、察してあげて、ゆっくり待つことができればよかったなと思う。

ある程度の年齢まで生きた人は、死んでしまったあとに、思い出やさまざまなものを置いていってくれます。でも、私の母はあまりに若かった。

それでも、はやくに母を失ってしまったことが、マイナスだけだとは思わないのです。人が死んだらどこに行くんだろうとか、どういう人だったのだろうと、色々考えるわけです。私はそこから、贈りものを受けとったと思う。悲しみにも贈りものがあるのです。

そうした経験をふまえて、私はいま物語を書いているのだと思います。三十四歳の時にものを書きはじめたとき、不安や心配から、ほんの少しだけ解放されたように感じました。私は一生これをやっていこうと思ったのです。突然いなくなってしまう命に対して感じていた、尖《とが》った不安が平らかになったのです。

＊　＊　＊

レイチェル・カーソンはおそらくクリスチャンでしょう。それに対して、私たちの時代は、すべてのものに命があると言われて育ってきた。何かを捨てる時には「ありがとう」と言って捨てなさいと。父は朝はやく起きるとお日様に向かって柏手《かしわで》を打って、小岩から深川のお店に出かける時は切り火を打ってお清めをする人だった。見えないものにも命があるし、見えない世界にも命があると言われて、私たちは育ちました。

お盆の時期になると、父は「ご先祖さま、今年は模様替えをしましたので、つまずかないようにしてください」とお経の合間につぶやき、お迎え火を焚《た》いて「ご先祖さまがこの煙に乗って帰ってくるんだ」と言いました。父はあくまで「ご先祖さま」と言うだけで、「お母さんが帰ってくる」とは言わなかったけれど、私たち姉弟にとっては母が帰ってくるのです。煙にのって母が帰ってくるのが、ありありと、映像として浮かびました。私たちのすぐそばには、見えない世界があったのです。見えない世界に支えられて、贈りものを受けとって、私たちは生きているという実感がありました。

この『センス・オブ・ワンダー』という作品も、子どもたちが、人々が、見えない世界から何かを感じてほしい、贈りものを受けとってほしいという「願い」にあふれています。レイチェル・カーソンも、宗教で言う命とはまた別の命というものを感じとっていたのでしょう。その命は、人々の想像力を喚起し、物語る力を育《はぐく》むものです。何も芸術家だけが創造しているわけではありません。自分は創造とは無縁だと思っている人がいるかもしれませんが、日々の雑事にも少しの創造が加わってくれれば、喜びに変わってくると思うのです。子どもがどれだけ小さなことでも、夢中になっていて、創造性を刺激されているようであれば、大人はそれを支えてあげるべきだし、励まし続けることが大切です。

私は戦後の、開放的な雰囲気のなかで成長した女の子でしたから、「あれがしたい、これがしたい」だらけでした。フランスの映画が面白そうだとか、アメリカの西部劇が面白そうだとか。あげく二ヵ月も船にのってブラジルに渡ってしまった。水平線の向こうに、新しい世界が待っていると信じて。

そして三十四歳になって物語を書く仕事をはじめて、私は書くことがこんなに好きだったんだと気づくのです。もっとはやく気づく人もいるだろうし、六十歳になって気づく人もいるでしょう。六十歳では職業にするには遅いかもしれないけど、でもそれが見つけられた幸せというのは何にも代えがたいことなのです。人は何歳からだって、好奇心を持ち、想像力を育み、創造することができると、私は信じています。

（童話作家、二〇二二年七月十六日談）

この作品は一九九六年七月新潮社より刊行された。

Title : THE SENSE OF WONDER
Author : Rachel Carson

センス・オブ・ワンダー

新潮文庫　カ－4－2

Published 2021 in Japan
by Shinchosha Company

令和三年九月一日発行
令和六年五月三十日八刷

訳者　上《かみ》遠《とお》恵《けい》子《こ》

発行者　佐藤隆信

発行所　株式会社　新潮社

郵便番号　一六二―八七一一
東京都新宿区矢来町七一
電話　編集部（〇三）三二六六―五四四〇
　　　読者係（〇三）三二六六―五一一一
https://www.shinchosha.co.jp

価格はカバーに表示してあります。

乱丁・落丁本は、ご面倒ですが小社読者係宛ご送付ください。送料小社負担にてお取替えいたします。

印刷・株式会社光邦　製本・加藤製本株式会社

ISBN978-4-10-207402-2 C0198